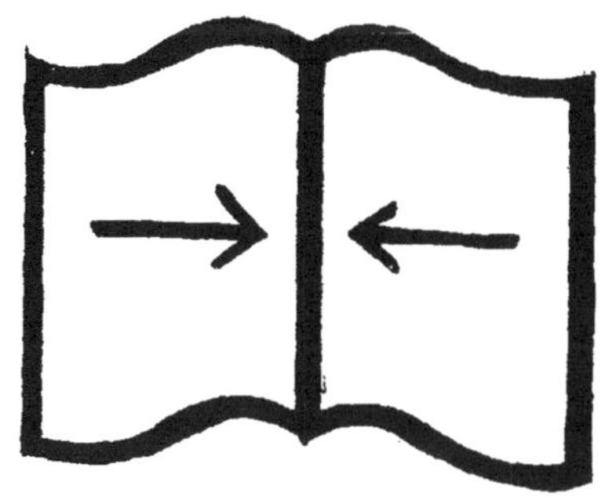

RELIURE SERREE
Absence de marges
intérieures

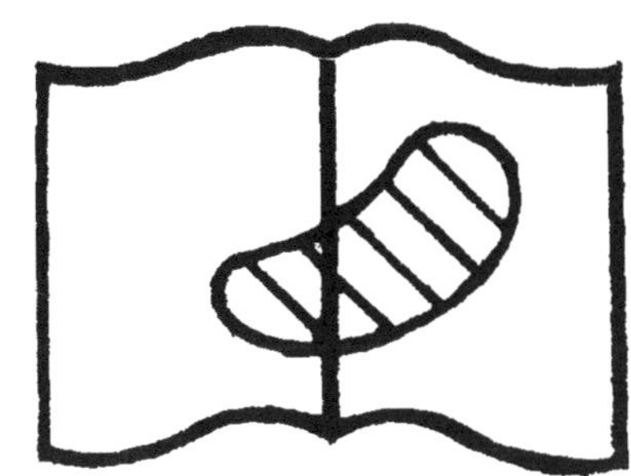

Illisibilité partielle

VALABLE POUR TOUT OU PARTIE DU
DOCUMENT REPRODUIT

LES COUVERTURES SUPERIEURES ET INFERIEURES
SONT EN TYPOGRAPHIE COULEUR.

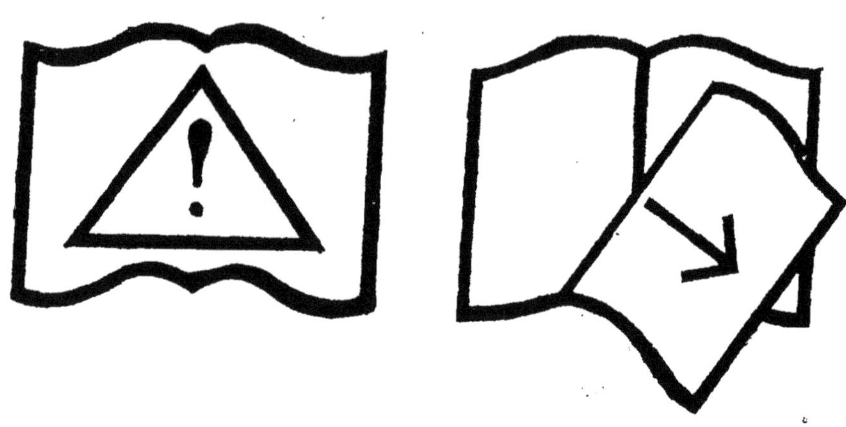

Couverture inférieure manquante

LES COUV. SUP. ET INF. SONT RELIEES
A LA FIN DU VOLUME

DU N° .2.
AU N° .6.

DU N° .1.

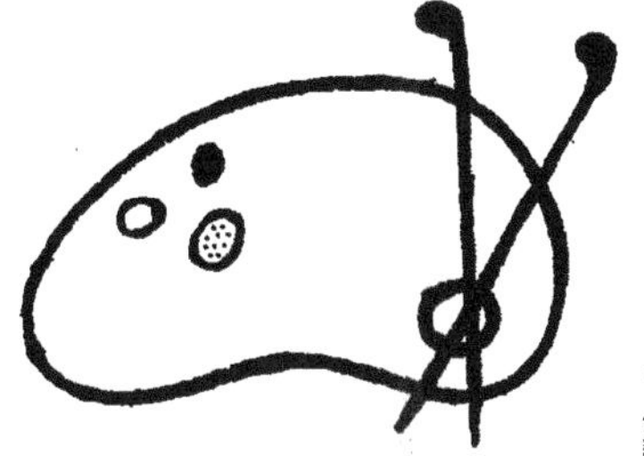

Original en couleur
NF Z 43-120-8

PIERRE SANDRAC

PAR PIERRE SALES

AYARD FRÈRES ÉDITEURS - PARIS

10 centimes le fascicule illustré.

ŒUVRES DE PIERRE SALES. N° 109.   PIERRE SANDRAC. N° 1.

PIERRE SALES

Pierre Sandrac

AVENTURES PARISIENNES

PARIS
FAYARD Frères, Editeurs
78, BOULEVARD SAINT-MICHEL, 78

Pierre Sandrac

I

MANUFACTURE MODÈLE

Parmi les établissements métallurgiques dont s'enorgueillit
à juste titre Saint-Étienne et qu'à défaut de la manufacture
de l'État, fermée au public, les voyageurs visitent avec le plus
d'intérêt, on cite toujours en premier lieu, et comme un établissement modèle, la fabrique d'armes que le comte de Montreux dirige depuis une dizaine d'années et à laquelle il a
donné un tel développement que ses produits sont répandus
sur tous les points du monde, portant, jusque dans les con-
trées les plus lointaines, le rayonnement de la France et le
respect d'un pays où de simples particuliers peuvent accomplir de tels travaux.

1. Le volume précédent a pour titre : *Les Sans-Pitié.*

Cette célèbre usine a cependant été menacée d'être complètement ruinée peu d'années après la guerre. Mal conduite par son ancien directeur, homme de routine, elle avait vu, peu à peu, les commandes l'abandonner, les clients se plaindre; son importance avait promptement diminué; et, à la suite d'une réduction de salaires, une longue grève lui avait porté le dernier coup. Une faillite était imminente, si l'on ne procédait immédiatement à une liquidation. Le directeur le comprit, se retira; et on put croire, un moment, que l'usine allait disparaître, car plusieurs industriels rivaux s'entendaient déjà pour tout détruire, vendre le terrain à des fabricants de rubans et se partager ce qui restait de la clientèle. Mais quelques hommes intelligents comprirent que c'était une folie de laisser s'éparpiller tant d'éléments qui n'avaient besoin que d'être rajeunis, mieux dirigés, et surtout de laisser morceler un immense terrain, merveilleusement disposé pour les travaux métallurgiques. Le mouvement était conduit par M. Herbelin qui possédait déjà sa belle usine de Grenelle. Il groupa des capitaux assez considérables, et, tout bien reconstitué, offrit la direction du nouvel établissement à son ami le comte de Montreux, ancien élève de l'École. Et celui-ci, après avoir un peu hésité, à cause de son inexpérience en affaires, finit par accepter, s'installa avec sa fille à Saint-Étienne et justifia, du premier coup, la confiance de son ami Herbelin.

· Lorsqu'il visita, pour la première fois, toute son usine, il éprouva une douleur patriotique en voyant à quel point on avait laissé tomber cet établissement jadis célèbre et qui avait rendu de grands services pendant la dernière guerre. Lui-même avait commandé une batterie sortie de ces ateliers qu'il trouvait aujourd'hui à peu près abandonnés. — Six mois ne s'étaient pas écoulés que les industriels rivaux constataient avec dépit que plus un atelier n'était fermé, que pas une cheminée n'était privée de sa couronne de fumée. Le comte avait fait des merveilles.

Si depuis sa sortie de l'École polytechnique il n'avait accompli aucune fonction, il ne s'en était pas moins tenu au courant des découvertes modernes et n'ignorait aucun des progrès de la science. Il fut son unique ingénieur, voyant tout, faisant tout, passant ses journées au milieu de ses ateliers, ses nuits dans ses bureaux. De nouveau, les commandes affluèrent à l'usine, nombreuses commandes de fusils pour les particuliers, commandes de toutes sortes pour des gouvernements étrangers, et enfin quelques commandes de canons pour le gouvernement français.

L'avenir de l'usine n'était plus douteux. Alors seulement, le comte s'occupa de son installation : il abattit l'ancienne maison du directeur et éleva, à sa place, une charmante habitation, dans le goût de ces petits châteaux qu'on rencontre en Écosse, laissant à Mlle de Montreux, qui devenait jeune fille, le soin de le meubler à sa fantaisie. Hélène, déjà petite maîtresse de maison et douée d'un joli sentiment artistique, déploya autant de goût pour orner la maison de son père que de sérieux pour l'organiser. Cette jeune fille, qui comprenait si jeune tous ses devoirs et les accomplissait avec tant de simplicité, était admirée dans Saint-Étienne et adorée dans toute l'usine. Un ouvrier n'était pas, pour elle, une machine à produire plus ou moins d'ouvrage, mais un homme faisant partie de la maison. A l'âge de seize ans, elle les connaissait tous par leur nom, connaissait leurs femmes, leurs enfants ; et tous la connaissaient bien aussi, connaissaient son aimable sourire, sa petite bourse des malades, sa pharmacie des choses les plus indispensables en cas d'accident, où elle savait se retourner comme une vraie sœur de charité.

C'est à la suite d'un terrible accident qu'elle s'était transformée ainsi en infirmière. Un jour où son père se trouvait auprès d'elle, on vint le prévenir que deux hommes s'étaient horriblement brûlés en maniant une pièce d'acier. Le comte courut à l'atelier, et il fut tout surpris, lorsqu'il se fut penché pour voir les blessés et les réconforter, de constater que sa fille l'avait suivi. Et elle aussi se penchait, les consolait par de jolies paroles. Malheureusement, on manquait des choses indispensables pour les premiers pansements, et ce ne fut qu'au bout d'une heure que les blessés furent soulagés. L'un demeura estropié et l'autre ne put reprendre son travail que longtemps après. Dès le lendemain, Hélène demandait un crédit à son père et procédait elle-même à l'organisation d'une petite infirmerie à l'entrée des ateliers. Et depuis, au moindre accident, on n'entendait qu'un cri dans l'usine :

— Mademoiselle !... Mademoiselle !...

Elle accourait aussitôt, souriante, bonne, réellement compatissante, heureuse de faire la sœur de charité. Elle adoucissait ainsi ce que les manières du comte avait d'un peu rude ; car s'il était bon, si son cœur se laissait facilement toucher par une infortune, il se montrait toujours raide et menait tout son monde tambour battant ; puis, sous prétexte que ses ouvriers ne devaient compter absolument que sur lui, il n'admettait pas qu'aucun d'eux fît partie de ces syndicats dont le mouvement s'étendait alors sur toute la France. Comme on était réellement heureux chez lui, on lui obéissait.

C'est dans cette petite infirmerie que Mlle de Montreux vit, pour la première fois, Pierre Sandrac. Elle avait déjà entendu parler de lui par son père ; le comte s'était enthousiasmé, quelques jours auparavant, au sujet d'une petite modification que le jeune ouvrier avait apportée dans la fabrication des plaques de blindage : il l'avait expliquée à sa fille, qui s'intéressait vivement à toutes les choses de l'usine ; et, à plusieurs reprises, il avait parlé de l'intelligence remarquable de ce Pierre Sandrac.

— Mais il faut en faire un chef d'atelier, père, avait dit Mlle de Montreux.

— C'est déjà fait.

Peu de jours après, on vint chercher « Mademoiselle » en toute hâte : un homme avait eu le bras pris dans un engrenage, justement dans l'atelier de Pierre Sandrac ; et il aurait infailliblement péri, si le chef de l'atelier ne l'avait aussitôt secouru, au péril de sa vie. Hélène, en entrant dans l'infirmerie, vit le malheureux, étendu, évanoui, et Pierre Sandrac auprès — elle devina que c'était lui — cherchant à le ramener à la vie. Elle soigna le blessé avec son dévouement habituel, quoique d'une façon presque machinale ; ses yeux se reportaient sans cesse du blessé à Pierre Sandrac.

— Mais vous êtes blessé, vous aussi ? lui demanda-t-elle tout à coup.

— Oh ! moi, ce n'est rien, répondit-il tranquillement ; tandis que ce malheureux est bien en danger... Et il est père de famille !

Cet oubli de soi-même devant l'infortune d'un autre toucha vivement Mlle de Montreux ; elle n'était pas habitué à de tels désintéressements : tout homme blessé devient généralement si égoïste ! Elle comprit, dès cet instant, que Pierre Sandrac ne ressemblait pas aux autres hommes ; et elle était tout émue lorsque, à son tour, Pierre lui tendit son bras, qui avait été rudement écorché par un volant... Ah! ces quelques minutes, inoubliables pour tous les deux, où lui la regardait en tremblant et où elle, hésitante, un flot de sang à la figure, s'embarrassait dans le pansement, plaçait maladroitetement les plaques de coton antiseptique, enroulait mal la bande! Comme elles s'évanouirent vite, ces quelques minutes! Ces quelques minutes qui allaient changer leur vie!

Le soir, Hélène, en rendant compte à son père de l'accident de la journée, eut l'adresse de le faire parler sur ce Pierre Sandrac.

— J'aurais été vraiment désolé, dit le comte, qu'il lui arrivât malheur : sa blessure est légère, n'est-ce pas?

— Rien de grave, père; mais il devait bien souffrir!

— Bah! Il méprise la douleur; et il a dû en voir bien d'autres dans son existence...

— D'où vient-il donc?

— De l'école de Châlons qu'on a licenciée à cause d'une épidémie de petite vérole.

— Il est donc ingénieur?

— Non. Il l'aurait été dans un an. Seulement, j'ai voulu qu'il débutât chez moi comme simple ouvrier : c'est le meilleur moyen pour faire des ingénieurs pratiques, pour leur faire connaître et les machines qu'ils auront à diriger et les ouvriers qu'ils auront à commander. Celui-ci est déjà chef d'atelier, et, s'il continue, il sera avant longtemps chef de tous les ateliers.

Ce même soir, Pierre Sandrac, seul dans sa modeste chambre, à peine meublée et garnie seulement d'ouvrages scientifiques, ne travaillait pas comme il le faisait d'habitude. Il souffrait encore beaucoup, mais ne songeait pas à son bras meurtri : il revoyait sans cesse cette simple scène de l'après-midi qui l'avait si profondément troublé; et, par moments, il prononçait un nom qui lui faisait l'effet d'une délicieuse musique :

— Hélène... mademoiselle Hélène...

Le lendemain, quoique son bras lui semblât horriblement lourd, il n'hésita pas à retourner à son travail : il ne pouvait rien faire lui-même, mais il dirigeait ses ouvriers. Et quelle joie quand, au milieu de la journée, il vit M. de Montreux entrer dans son atelier, ayant sa fille avec lui!

— Vous auriez dû vous reposer, vous! lui dit le comte de son ton brusque.

— Ce n'est plus rien, répondit-il fièrement.

Et il regardait respectueusement Hélène, comme pour lui dire : « En me touchant, vous m'avez guéri. »

Hélène baissa les yeux devant lui; et, depuis ce jour, ils s'aimèrent. Et si le comte, malgré son amour pour sa fille, amour fait autant de jalousie que de tendresse, ne s'en aperçut point, c'est qu'il avait les yeux fermés dès qu'il s'agissait de Pierre Sandrac. L'intelligence de ces deux hommes se complétait admirablement : celle du comte un peu trop brillante, développée encore plus par les études théoriques que par la pratique, quelquefois trop rêveuse, manquant même de ce bon sens, de cette simplicité, qui feront toujours défaut aux élèves de l'École polytechnique tant qu'on n'aura pas modifié leur système d'éducation; celle de Pierre Sandrac, pratique et simple avant tout, un peu dédaigneuse des théories, ne croyant qu'aux résultats visibles que donnent et les expériences et l'expérimentation, mais hardie, aventureuse, ne reculant devant rien pour arriver à des découvertes utiles. Le comte l'attirait sans cesse chez lui, pour causer de leurs travaux; et lui, ne songeait à aucun des plaisirs de la jeunesse : tout son bonheur n'était-il pas dans la contemplation de Mlle de Montreux?...

L'usine prit alors un développement superbe et sembla destinée à écraser toutes ses rivales. M. de Montreux et Pierre Sandrac apportaient dans leurs études et leurs travaux une ardeur patriotique. Ils furent des premiers à fabriquer ces énormes coupoles d'acier destinées à protéger nos forteresses de la frontière de l'Est.

L'usine s'agrandissait, de nouveaux ateliers s'élevaient; les gens sages de Saint-Étienne commençaient à dire :

— M. de Montreux va trop vite.

Il allait trop vite en effet. Devenu ambitieux pour sa fille, il regrettait d'avoir accepté des commanditaires à qui il devait verser chaque année une part de bénéfices et qui, eux aussi, le trouvaient imprudent et ne se gênaient pas pour le lui dire. Doué d'un caractère qui n'admettait pas les contradictions, il réunit tous ses capitaux, usa d'une clause de son traité qui lui permettait de rembourser les sommes qui lui avaient été avancées. Il voulait être le seul maître chez lui : il le fut; mais toute sa fortune se trouva engagée dans ses affaires. Et il entendait malheureusement beaucoup moins bien les questions financières que les questions industrielles.

Deux années s'étaient à peine écoulées depuis qu'il avait ainsi repris sa liberté, que sa situation se trouvait soudainement très embarrassée. Il avait trop fait à la fois : pour ne pas laisser échapper des commandes, il les avait exécutées à crédit, il avait construit ateliers sur ateliers — c'était sa manie. Le crédits durent se prolonger. Il perdit, à cette époque, une assez grosse somme dans une faillite de banquier. Et il connut, tout d'un coup, les angoisses du manque d'argent. Personne n'en sut rien à Saint-Étienne, pas plus parmi ses amis que parmi les indifférents. Le comte ne se troubla pas.

— Une crise à passer, dit-il.

Il parvenait, en effet, à faire face à tout avec une prodigieuse habileté ; il luttait comme dans une bataille. Et peut-être fût-il parvenu à vaincre toutes ces difficultés, avec ses ressources personnelles, si des difficultés d'un ordre tout intime n'étaient venues les compliquer.

Tout d'abord, ce fut le mouvement que Pierre Sandrac provoqua parmi ses ouvriers. — Pierre n'était ni un rêveur ni un utopiste : il ne demandait aucune révolution dans l'ordre social ; mais il trouvait que la situation des ouvriers de M. de Montreux était trop précaire, puisqu'elle dépendait uniquement de l'existence et de la bonté du patron. Que ce patron mourût ou fût remplacé par un autre, égoïste ou indifférent, et ces ouvriers auraient perdu le bénéfice qu'ils auraient pu retirer d'une association s'ils en avaient fait partie depuis plusieurs années.

Malgré l'opposition qu'il savait devoir trouver chez M. de Montreux contre toute tentative de ce genre, il organisa, parmi les ouvriers de l'usine, une société de secours mutuels à laquelle s'adjoignit presque aussitôt une société coopérative de consommation. Cependant, le comte, circonvenu par Pierre et par sa fille, n'osa encore rien dire : ils lui prouvèrent que personne ne songeait à lui manquer de respect, qu'on voulait seulement prévoir l'avenir ; il se contenta de refuser de s'occuper en quoi que ce soit de la Société, affirmant que cela tournerait mal, tôt ou tard.

— Vous avez tort, Sandrac, de provoquer ce mouvement,

vous êtes trop jeune pour comprendre où il vous mènera.

— N'est-ce pas vous qui avez tort, monsieur le comte, répondait Pierre, de ne pas comprendre que les ouvriers ont le droit de s'associer pour défendre leurs intérêts?

Quelques mois après, la plupart des ouvriers de l'usine faisaient partie du syndicat général; et le comte, pour la première fois, s'emportait contre Pierre Sandrac. Il n'avait cependant à se plaindre en aucune façon: mais il était l'ennemi absolu de toute sorte d'association d'ouvriers, il refusait de s'incliner devant la poussée du siècle, lui qui, justement, par sa bonté, aurait pu servir de lien entre les choses d'autrefois et celles d'aujourd'hui.

Dès lors, une sourde hostilité régna entre le comte et Pierre Sandrac; mais elle n'éclata ouvertement que lorsqu'une circonstance fortuite lui fit comprendre que « cet homme de rien, ce révolutionnaire », comme il l'appelait maintenant, osait aimer sa fille. Il les surprit, un soir, se promenant, la main dans la main, au fond de la prairie qui séparait son habitation des ateliers. Le lendemain, au milieu de l'usine, il traitait Pierre Sandrac avec une violence insensée, lui reprochait son ingratitude, l'accusait d'avoir voulu fomenter une révolte parmi ses ouvriers, et le chassait enfin ignominieusement comme une brebis galeuse.

Pierre s'enfuit à Paris; et, avec lui, disparut la bonne fortune de l'usine.

II

Louis Jordanne, caissier de M. de Montreux, était un homme doux, timide et méticuleux, qui ne connaissait et n'aimait qu'une chose au monde, sa comptabilité. Aussi était-il abominablement malheureux depuis quelques mois.

Tout d'abord, ces ennuis d'argent l'avaient bouleversé. Il les aurait cependant supportés avec patience, sachant qu'ils ne pouvaient être que momentanés. Mais, quand cela s'était compliqué de vols et d'incidents dramatiques, il avait commencé de perdre sa bonne figure, parce qu'il avait perdu le sommeil. Si, du moins, son patron avait été auprès de lui pour le remonter, pour lui donner un peu de son énergie ! Mais non. Le comte de Montreux ne faisait plus que de courtes apparitions à Saint-Étienne, le temps indispensable pour donner des ordres et examiner les choses en train.

Jordanne se trouvait donc chargé de tout, forcé de faire toute la correspondance et même d'écouter les chefs d'atelier qui venaient lui exposer les rapports destinés à M. de Montreux. Chaque jour, il devait écrire une longue lettre pour tenir son patron au courant des moindres incidents de l'usine ; il ne pouvait plus faire ses comptes que le soir. Et, quand enfin venait l'heure du repos, il ne dormait pas, ou bien faisait d'abominables rêves, où il voyait régulièrement son coffre-fort vide, tandis qu'une interminable file de garçons de recette lui tendaient narquoisement des traites. Et chaque jour, en préparant sa lettre au comte, il bougonnait :

— J'en ai assez. Cette fois, je vais écrire à M. de Montreux que je ne peux plus supporter tant de fatigues.

Mais régulièrement, il terminait sa lettre sans parler de ses peines.

Et, le jour où les chefs d'atelier, en passant au rapport, prononcèrent les mots de mutinerie, de grève imminente, d'augmentation de salaires, Jordanne faillit perdre la tête.

— Une grève ! Chez nous ! C'est impossible !

Jamais il n'aurait prévu une chose semblable. Malheureusement, les rapports des contremaîtres étaient très précis. Depuis une quinzaine de jours déjà, une sourde agitation régnait parmi les ouvriers ; on les voyait s'en aller par groupes, se réunir dans des cabarets avant de rentrer chez eux : et c'était alors des conciliabules secrets, des conversations à voix basse, au milieu desquelles éclataient tout à coup des cris de colère contre ce comte de Montreux qui avait eu l'audace d'empêcher, pendant si longtemps, ses ouvriers de faire partie du syndicat. Et le bruit s'était répandu parmi eux que le comte n'avait plié que pour se montrer bientôt plus sévère ; on assurait qu'il allait avant longtemps faire venir des ouvriers étrangers à la région, et on en donnait comme preuve le choix qu'il avait fait d'un Américain pour succéder à Pierre Sandrac.

— Mais, sapristi ! tout cela, ce n'est pas un motif pour se mettre en grève ! s'écriait Jordanne. Il n'y a là que des choses morales ; rien de précis, rien de matériel... Ils sont très bien payés... Je ne comprends pas...

Le mouvement avait commencé d'une façon exclusivement morale, en effet, comme une sorte de mutinerie ; mais maintenant, on parlait d'augmentation de salaires : les ouvriers avaient

Une charmante habitation, dans le goût de ces petits châteaux qu'on rencontre en Écosse. (Page 5.)

appris que le comte allait recevoir d'importantes commandes de l'étranger ; et on voulait en profiter pour le forcer à élever les prix...

— Comment des ouvriers peuvent-ils savoir les commandes qu'on recevra ? bégayait Jordanne.

Comment ?... Les chefs d'atelier l'ignoraient ; tout ce qu'ils pouvaient ajouter, c'est que les ouvriers étaient travaillés par des émissaires étrangers, de ces fauteurs de grèves dont le rôle est souvent si louche, qui attendent les ouvriers dans les cabarets pour exciter leurs passions en les faisant boire, et les trompent avec autant de facilité qu'on trompe des enfants.

Jordanne, désespéré, prévint alors le comte.

Et, le lendemain, celui-ci arrivait à Saint-Étienne une heure environ avant la fermeture de l'usine. Il était accompagné de sa fille, de Harry Clifford et de Jérôme Labadié. Le bruit de son arrivée se répandit aussitôt dans les ateliers : on aurait dû travailler encore près d'une heure ; le travail cessa immédiatement. Et le comte n'avait pas encore eu le temps d'écouter le rapport de Jordanne, que tous les ouvriers défilaient par bandes devant les bureaux, silencieux, mais menaçants. Le mot d'ordre avait été donné : la grève commencerait au moment même où le patron rentrerait à l'usine.

Il les surprit, un soir, au fond de la prairie. (Page 10.)

Debout contre une fenêtre, blême et tremblant, il regardait ses ouvriers s'éloigner et en éprouvait la plus cruelle des humiliations. Bientôt des larmes coulèrent lentement sur ses joues, et il prononça amèrement :

— Voilà l'ouvrage de Pierre Sandrac.

Hélène, qui se tenait près de son père, aussi humiliée que lui, n'eut pas la force de supporter ces paroles ; elle chancela.

Harry, qui, en entendant l'accusation du comte, avait éprouvé une violente secousse, fut calmé soudainement par l'émotion d'Hélène. Il se précipita, reçut la jeune fille dans ses bras et la fit asseoir, en lui demandant d'une voix qui tremblait à peine :

— Qu'avez-vous donc, mademoiselle?

— Rien... rien, balbutia-t-elle.

Le comte n'avait pas remarqué cet incident; il était toujours à sa fenêtre, cherchant à reconnaître, à la lueur tombante du jour, ceux de ses ouvriers à qui il avait fait le plus de bien, dont il avait secouru la famille, ceux qu'il croyait incapables de se mêler à un tel mouvement; il les retrouvait tous et prononçait leurs noms à mi-voix. Le défilé se termina enfin, et le comte tomba, accablé, sur un siège.

En ce moment, les chefs d'atelier se présentaient au bureau. Ils étaient navrés, presque honteux, craignant que le comte ne les rendît responsables de ce malheur; mais M. de Montreux était trop abattu pour s'abandonner à lacolère.

— Avancez, mes amis, dit-il d'un ton navré.

— Ah! monsieur le comte, croyez bien qu'il n'y a pas de notre faute.

— Je le crois, mes amis. Racontez-moi simplement ce que vous avez appris.

Le plus vieux des contremaîtres, qu'on écoutait beaucoup à cause de son expérience, surtout dans les questions ouvrières, et qui avait son franc parler, un nommé Bernard Lavergne, sortit un peu du rang et, la tête baissée, commença de bredouiller :

— En fait de grève, monsieur le comte, il y a grève et grève : la grève qu'on a raison de faire pour mater les patrons...

Le comte eut un léger mouvement d'humeur; Bernard Lavergne redressa la tête et, avec la tranquillité d'un honnête homme :

— Pardonnez-moi, monsieur le comte, mais j'ai l'habitude de toujours dire ce que je pense.

— Continuez, Bernard.

— Et il y a la grève, qui n'a pas le sens commun. Selon moi, cette grève-ci est absurde : il n'y a pas, dans toute la région, une usine où les ouvriers soient mieux traités que dans la vôtre; mais les ouvriers sont très montés contre vous, et ils n'ont pas tout à fait tort : vous avez fait trop d'opposition au mouvement des syndicats, et vous n'aviez qu'à vous incliner, monsieur le comte, puisque c'est la loi. La bourgeoisie, qui a fait la révolution de 89, a détruit les corporations qui étaient un système usé, fini ; mais elle ne les a remplacées par rien : le peuple, c'est-à-dire les ouvriers, a bien le droit de songer aujourd'hui à défendre ses intérêts, puisqu'il le peut. Et, croyez-moi, monsieur le comte, les patrons les plus adroits sont ceux qui, au lieu d'enrayer le mouvement, le dirigent dans une bonne voie. Vous, vous ne vous êtes incliné que devant la force des choses ; les ouvriers vous en ont gardé rancune, et cette rancune s'est envenimée, lorsque vous avez fait tomber votre colère sur Pierre Sandrac...

Le comte faillit interrompre le contremaître ; mais ne valait-il pas mieux entendre toute la vérité ? D'ailleurs, Bernard Lavergne n'avait nulle envie de s'arrêter.

— Que Pierre Sandrac ait mal tourné depuis, monsieur le comte, c'est possible, quoique la chose ne me paraisse pas absolument prouvée ; mais vous ne sauriez imaginer à quel point on l'aimait ici. Et, tenez, il n'aurait qu'à paraître en ce moment, à faire un signe, et demain l'usine marcherait comme par le passé.

— Qui vous dit que ce n'est pas lui qui a fomenté ?...

— Lui ! s'écria Bernard avec indignation. Lui ! Ah ! monsieur le comte, comment de telles pensées peuvent-elles se présenter à votre esprit ? Mais je mettrais ma main au feu qu'il n'est pour rien dans tout ceci !... Seulement, la rancune qu'on éprouvait contre vous a grandi depuis son départ ; on a vu, d'un mauvais œil, l'entrée à l'usine d'un ingénieur étranger ; excusez-moi, monsieur...

Il se tournait vers Harry Clifford.

— Parlez, mon ami, dit tranquillement l'ingénieur.

— Bref, monsieur le comte, on a craint que vous ne fissiez contre les ouvriers ce que vous avez fait contre Pierre Sandrac : et le terrain était tout prêt. Mais cette grève n'a pas éclaté toute seule ; cela, j'en réponds... Et qui l'a fait éclater ? Ceux à qui cela peut profiter : les jaloux, les rivaux, de France ou de l'étranger ; ce n'est pas la première fois que je vois une chose semblable.

Les appréciations de Bernard Lavergne semblaient si judicieuse que le comte n'hésita pas à lui demander conseil.

— Selon vous, que faudrait-il donc faire ?

— Attendre, tout bonnement, monsieur le comte, les délégués qu'on ne manquera pas de vous envoyer demain ou après-demain.

— Mais il est indispensable que cette grève ne dure pas plus d'une journée.

Bernard Lavergne hocha la tête.

— Alors... préparez-vous à faire de grandes concessions, monsieur le comte.

— C'est bien. Venez tous ici, demain, comme d'habitude ; la nuit calmera, sans doute, les mauvaises têtes : il n'est pas possible que tant de bons ouvriers écoutent plus longtemps les détestables conseils de quelques meneurs. Merci de votre dévouement. A demain !

Les contremaîtres se retirèrent ; et le comte, un peu raffermi par les appréciations de Bernard Lavergne, s'adressa, d'un ton presque énergique, à Harry et à Jérôme :

— Allons, je vois que ce n'est pas une grève, mais une simple mutinerie ; avec un peu d'adresse et surtout de l'autorité, nous en viendrons à bout.

Puis, leur tendant la main :

— Permettez-moi, messieurs, de vous offrir l'hospitalité.

Quelques instants après, ils étaient tous réunis autour de la table du comte, et M. de Montreux s'adressait avec un mélancolique sourire à Harry Clifford :

— Voilà, mon cher monsieur, la récompense qui attendait votre dévouement : vous êtes impopulaire avant même d'être connu.

— Peu importe, dit Harry, avec une imperceptible ironie ; j'ai idée que mon impopularité ne durera pas longtemps.

— Vous ne reculerez donc pas devant les dangers de la situation ?

— Reculer n'est pas français.

— Mais vous êtes Américain.

— La France est la seconde patrie de tous les étrangers.

Le comte, par-dessus la table, lui donna une chaude poignée de main.

— Vous êtes digne d'être Français, et j'espère bien que vous le deviendrez un jour.

Mais déjà Harry, qui s'était un peu abandonné à son caractère, reprenait son rôle d'Américain.

— Oh ! n'exagérez pas, monsieur de Montreux : si je suis

prêt à défendre vos intérêts avec acharnement, c'est qu'ils
sont devenus les miens... à moins que ma présence ici ne soit,
pour vous, une trop grande cause de difficultés?...

— C'est qu'on ne vous connaît pas, dit Hélène.

Et aussitôt son visage s'empourpra.

Après le repas, Hélène s'occupa de faire préparer des
chambres pour Harry et pour son ami; elle était tout heureuse
que son père leur eût offert l'hospitalité. Harry occupait une
place de plus en plus grande dans son esprit; et elle aimait,
en Jérôme Labadié, l'ami de Pierre Sandrac. Quant au sentiment qu'elle éprouvait pour Harry, elle ne l'analysait pas,
elle s'y abandonnait sans vouloir y réfléchir davantage.

Le comte demeura quelques instants avec Jérôme et
Harry; puis il les pria de l'excuser et les quitta pour rejoindre
son caissier à qui il avait donné rendez-vous; et il travailla
avec lui une grande partie de la nuit.

Hélène, après avoir donné les ordres nécessaires dans la
maison, était remontée chez elle et rêvait à sa fenêtre. Les
yeux fixés sur les bâtiments si variés de l'usine, qui se pro-
filaient sur le ciel très bleu en fantastiques silhouettes, elle
demeura longtemps immobile, comme engourdie, songeant
d'abord à cette mutinerie des ouvriers de son père, qui l'avait
si profondément blessée et humiliée. Elle aussi se rappelait
ceux qu'elle avait soignés, ceux qui la bénissaient autrefois.
Comment de telles choses avaient-elles pu s'oublier si vite?
La lune éclaira en ce moment le pavillon où était située sa
petite pharmacie; et elle revit soudain Pierre Sandrac lui
tendant son bras blessé : c'était délicieux le souvenir de cette
première entrevue, et elle s'y arrêtait en murmurant :

— Quelle horrible fatalité nous a séparés!

Et des larmes coulèrent de ses yeux. Le reverrait-elle
jamais, maintenant, celui qu'elle avait tant aimé?

— S'il était encore vivant, n'aurait-il pas trouvé le moyen
de me donner de ses nouvelles?

Puis une pensée, plus cruelle encore, s'insinuait peu à peu
dans son esprit : si Pierre était vivant et s'il la laissait sans
nouvelles, c'est qu'il devait s'imaginer qu'après tout ce qui
s'était passé, elle devait le croire coupable, le mépriser. Oh!
si cela était, comme il devait souffrir!

Tandis qu'elle s'abandonnait à ses pensées, elle vit deux
ombres dans la prairie : elle reconnut Harry et Jérôme, sé

promenant lentement. Jérôme fumait et la lueur de sa cigarette éclairait par moments le visage de Harry, et Hélène
voyait alors que ce visage était tourné vers sa fenêtre, et cela
la faisait trembler un peu...

Le lendemain, le comte était debout avec le jour. Quand
il descendit, il rencontra Harry qui se dirigeait déjà vers le
petit atelier qu'on lui avait préparé dans l'usine.

— Je vous demanderai de ne pas me quitter aujourd'hui,
lui dit le comte; je veux que mon monde voie bien à quel
point je tiens à vous.

— Vous comptez donc, malgré ce qu'on nous a dit hier,
sur une reprise du travail?

— Oui, je vous l'avoue.

— Vous connaissez vos ouvriers mieux que moi... Cependant, ce contremaître, ce... Bernard... Bernard...?

— Bernard Lavergne? fit le comte en haussant les épaules.
Un brave homme, mais plein d'idées fausses.

— Je ne trouve pas, dit flegmatiquement Harry.

— Êtes-vous donc partisan des idées socialistes? Cela
m'étonnerait, d'un esprit aussi judicieux que le vôtre!

Harry sourit, avec une légère nuance de dédain.

— Je n'attache aucune importance, dit-il, à toutes ces appel-
lations de socialisme, de syndicats, de capital, de travail; je
déteste les théories, et ne me paie pas de mots. Mais je trouve
naturel que les ouvriers soient unis par un lien pour défendre
leurs droits, puisque les patrons savent bien s'associer pour
défendre les leurs. On m'a assuré qu'en France, grâce à une
formalité qui s'appelle *le livret*, formalité abolie par la loi, mais
demeurée dans les usages de certains patrons, il est possible à
ces patrons de faire fermer toutes les portes à un ouvrier
qu'ils ont renvoyé; il leur suffit, dans la signature qu'ils
mettent sur ce livret, de faire une marque que comprennent
seuls les initiés... Est-ce vrai, monsieur de Montreux?

— En effet, balbutia le comte, qui ne put cacher un trouble soudain.

— Eh bien! reprit Harry, avec autant de calme que s'il
avait parlé de choses indifférentes, je trouve naturel qu'on se
défende des deux côtés, puisqu'on vit un peu à l'état de guerre;
mais je trouverais beaucoup plus naturel qu'on ne se fît pas
la guerre, qu'on s'entendît tout simplement... Je vous demande

pardon d'exposer de telles idées devant vous; je sais qu'elles ne sont pas les vôtres...

— Si quelqu'un pouvait me les faire accepter, ce serait vous, monsieur Clifford. Mais, que voulez-vous? Je suis un peu de l'ancien régime... et vous, vous êtes l'avenir : vos illusions ne se sont pas encore envolées. Je serais curieux, je vous l'avoue, de voir comment vous vous y prendriez pour faire entendre raison à des ouvriers révoltés.

— Si le travail n'est pas repris aujourd'hui, je vous demanderai la permission de parler en votre nom, proposa Harry.

— Soit! nous verrons, dit ironiquement le comte...

On avait ouvert les portes de l'usine; les contremaîtres arrivaient, l'allure inquiète. Le comte les aborda crânement :

— Eh bien! ces ouvriers?

Par la grande porte devant laquelle il se trouvait, il pouvait voir des groupes nombreux; il s'imaginait que l'entrée allait s'effectuer comme d'habitude. Les contremaîtres secouèrent la tête et dirent tous :

— On est très monté, monsieur le comte.

L'heure de l'entrée sonna. Pas un ouvrier ne bougea. Le comte devint blême; il se retourna vers l'usine qui, tous les jours, à cette heure, se remplissait, grondait bientôt comme un monstre et se couronnait de fumée. Il alla devant d'autres portes; pas un ouvrier n'entrait. La grève, c'est-à-dire pour lui la ruine, était bien déclarée.

III

L'AGITATEUR

Pendant quelques minutes, Harry, qui accompagnait flegmatiquement le comte, le vit en proie à une terrible colère; le visage tout contracté, les poings serrés, il allait devant lui, traversant les ateliers et prononçant d'une voix rauque :

— Ah! les misérables! les drôles! M'abandonner dans un pareil moment!

Puis, s'arrêtant tout d'un coup et jetant un regard furieux à Harry :

— Voilà le résultat de ces idées socialistes qui vous séduisent si fort, monsieur! Quand vous aurez mon âge, vous

comprendrez sans doute leur danger! Cela ne sert à rien
d'être bon avec ses ouvriers, à rien, monsieur! Il faut les
conduire avec une main de fer!

— Je ne crois pas, répondit Harry avec un calme imperturbable.

Le comte ouvrit la bouche pour défendre encore ses idées,
pour exhaler sa colère; et il ne dit rien.

Il reprit sa marche désordonnée, traversant de nouveaux
les ateliers.

— Pas un! Pas un n'est venu!

Le mot d'ordre avait été bien donné, bien suivi.

Le comte et Harry sortirent enfin de l'usine et se trou-
vèrent en face du groupe des contremaîtres qui attendait sur
la pelouse. Un peu plus loin, Hélène, sur le perron de la
maison, se faisait rendre compte par Lavergne de ce qui se
passait. Labadié apparut bientôt, salua Hélène et vint se
ranger silencieusement auprès de Harry. Le comte pénétra
dans son bureau en faisant signe aux contremaîtres de le suivre,
et il tomba, brisé, sur un siège. Son excitation s'évanouissait.

— Eh bien, mes amis, interrogea-t-il d'un ton résigné,
avez-vous appris quelque chose de nouveau?

Bernard Lavergne répondit au nom de ses collègues. Non.
Rien de spécial ne s'était passé, rien de nouveau. Le mouvement s'était accentué, voilà tout.

— C'est bien ce que je vous ai dit hier, monsieur le comte :
vos rivaux profitent de l'état de mécontentement qui règne
parmi vos ouvriers pour vous faire du mal. Et il n'y a rien
de plus difficile à réduire que ces grèves qui reposent plus
encore sur des questions morales que sur de simples questions
de prix. Quant à nous, monsieur le comte, nous sommes tous,
et sans hésiter, de votre parti.

— Bien, mes amis, bien, dit le comte. Je vous remercie.
Veuillez donc ne pas quitter l'usine, surveiller les alentours...
Et attendons! Messieurs mes ouvriers ne manqueront certai-
nement pas de m'envoyer des délégués!

Le comte prononça ces mots avec une ironie hautaine, puis
il se leva et revint chez lui. Harry et Jérôme, qui le suivaient,
n'osèrent pas lui parler. Lorsqu'il arriva au perron, il voulut
éviter sa fille qui s'avançait vers lui, les bras tendus; mais
Hélène, malgré la peine qu'elle en éprouvait, feignit de ne pas
voir cette marque d'indifférence.

— Mon père !

Elle l'embrassa tendrement. Le comte se dégagea doucement de son étreinte et dit d'une voix qui tremblait :

— J'avais cru me venger de Pierre Sandrac... Tu dois être
satisfaite, ma fille : c'est lui qui se venge et qui est le plus fort !

Il ne lui laissa pas le temps de répondre ; il avait promptement franchi le seuil de sa maison et allait s'enfermer dans
son cabinet.

La journée se passa dans une tristesse navrante, sans
amener le moindre incident. Les contremaîtres se promenaient
devant les portes, comme s'ils s'étaient attendus à quelque
coup de main ; de loin, les ouvriers, qui stationnaient par
petits groupes, se moquaient d'eux, et c'était tout. A l'heure
du déjeuner, ils disparurent et ils ne revinrent pas l'après-
midi.

Le comte ne sortit de son cabinet que pour déjeuner ; il ne
prononça pas dix paroles. Dès que le repas fut terminé, il dit :

— J'ai besoin de travailler ; excusez-moi...

Et il s'enferma de nouveau. Harry et Jérôme, avec une
discrétion parfaite, laissèrent aussitôt Hélène et se dirigèrent
vers l'usine. Ils rencontrèrent là les contremaîtres, causèrent
longuement avec eux ; puis ils se rendirent dans l'atelier réservé
à Harry, suivis seulement du vieux Bernard Lavergne.

Hélène, après avoir donné les ordres nécessaires dans la
maison, était remontée chez elle et ne quittait plus sa fenêtre.
Elle avait été très intriguée par cette sorte de conciliabule
secret auquel Harry Clifford semblait convier Bernard Lavergne. Elle le fut bien davantage lorsque, à la suite de ce
conciliabule, qui dura près d'une heure, elle vit le vieux
contremaître sortir de l'atelier, tout bouleversé, les yeux
rougis. Harry l'avait accompagné jusqu'à la porte ; Bernard
Lavergne lui serra la main avec effusion, puis s'éloigna. Et il
n'avait pas fait dix pas qu'il s'essuyait les yeux avec le revers
de sa manche et faisait de grands gestes désordonnés. Hélène,
poussée par un désir inconscient, sortit vivement et vint à la
rencontre du contremaître.

— Qu'avez-vous, Bernard ?

— Moi ?... moi, mademoiselle ? Mais rien, rien, je vous jure !

Et il essayait de sourire. Hélène lui dit brusquement :

— Il est inutile de me tromper : vous pleuriez... Et tenez,
vous pleurez encore ! Je vous ai vu entrer chez M. Clifford :

que vous a-t-il donc dit pour que vous soyez ému à ce point?

Lavergne sembla un moment très embarrassé; puis, comme cherchant ses mots :

— Ce n'est pas ce que m'a dit M. Clifford qui me fait pleurer, mademoiselle, mais tout simplement ce qui se passe. Voir l'usine au repos, et cela me crève le cœur...

Hélène secoua la tête d'un air de doute.

— Pourquoi donc êtes-vous demeuré si longtemps avec M. Clifford ?

— Nous causions de... de sa machine à fusils, mademoiselle, une vraie merveille; et puis, nous cherchions ce qu'il fallait faire pour ramener les ouvriers. C'est un homme bien supérieur, mademoiselle, que ce M. Clifford...

— Je le sais.

— Et qui semble si bon !

— Je le sais aussi.

— Et qui vous est dévoué ! Bref, mademoiselle, il m'a convenu tout de suite. Et si quelqu'un est capable de remplacer Pierre Sandrac, c'est bien lui, allez... Et moi aussi, je vous suis rudement dévoué, mademoiselle.

Et Bernard Lasergne s'éloigna vivement, essuyant toujours des larmes avec le revers de sa manche.

Vers la nuit, le commissaire de police du quartier de la Chaléassière, où se trouvent situées la plupart des usines métallurgiques de Saint-Étienne, se présenta chez M. de Montreux. Hélène le reçut en lui disant :

— Je vais prévenir mon père; il s'est enfermé pour travailler.

Elle alla frapper à la porte du cabinet du comte. Ne recevant pas de réponse, elle frappa de nouveau et, n'entendant rien, entra dans le cabinet. Le comte était étendu sur son fauteuil en face de sa table, dans une demi-obscurité. Il avait dit qu'il voulait travailler; et plusieurs lettres, qui se trouvaient sur son bureau, n'étaient même pas décachetées.

— Père ! appela Hélène tout inquiète.

Il souleva lentement la tête comme un homme qui s'éveille. Il n'avait pas dormi, cependant; mais il n'avait pas bougé de ce fauteuil, où il s'était jeté au commencement de l'après-midi, croyant qu'il allait réfléchir, et il était resté là, sans songer à rien, abîmé, vaincu. Quand sa fille l'eut prévenu que

le commissaire de police le demandait, il se dirigea machinalement vers le salon.

Devant le magistrat, il parvint à cacher son abattement.

— Qui m'eût dit, monsieur, fit-il d'un ton amer, que
j'aurais jamais besoin de votre concours en des circonstances
semblables ?

— D'après mes rapports, monsieur le comte, vos ouvriers
sont dans un tel état d'excitation que je crains quelques
désordres ; et je viens m'entendre avec vous pour protéger
votre fabrique. Une réunion de grévistes doit avoir lieu ce
soir ; on y discutera la conduite à tenir vis-à-vis de vous... Je
redoute qu'à la suite de cette réunion, il ne se passe des actes
fâcheux. Je crois donc qu'il serait utile de bien barricader
les portes de votre usine et d'organiser, aux alentours, des
escouades d'agents...

— Sans doute, sans doute, murmura le comte. Et cependant, prendre de telles mesures, je vous avoue que cela me
serait très pénible...

— Ce serait surtout dangereux, et c'est parfaitement inutile, dit une voix autoritaire.

Le magistrat se retourna, et le comte lui présenta Harry
Clifford, qui venait d'entrer dans le salon, accompagné de
Lavergne. Le comte ajouta en hochant la tête :

— M. Clifford prétend qu'il réduira cette grève par la
douceur ; il faut au moins lui permettre d'essayer.

— Vous, monsieur? fit le magistrat.

— Oui, moi, répondit tranquillement Harry.

— Mais c'est justement contre vous que ces ouvriers sont
le plus excités !

— Il est donc inutile de les exciter davantage, en prenant
contre eux des mesures qui sembleraient des provocations.
Puisque M. de Montreux me permet d'agir en son nom,
laissez-moi toute liberté jusqu'à nouvel ordre et laissez surtout vos agents dans leurs postes. J'ai déjà commencé mon
enquête, et je vous réponds qu'il n'y aura pas le moindre
désordre.

— Vous parlez, monsieur, comme si vous connaissiez
Saint-Étienne, et vous n'êtes même pas Français.

— M. Bernard Lavergne m'a suffisamment renseigné.

— M. Clifford a l'habitude de tout sauver, dit alors le
comte. Obéissons-lui.

Le commissaire se retira en disant :

— Cela ne m'empêchera pas de prendre mes précautions tout de même.

Quelques instants après, Harry quittait M. de Montreux.

— Vous ne voulez donc pas nous rester à dîner ? demanda Hélène avec un joli ton de reproche.

Elle rêvait à sa fenêtre. (Page 17.)

—Je vous remercie, mademoiselle, mais je veux assister à cette fameuse réunion et à ses préliminaires; mon ami Labadié est déjà parti en éclaireur.

— Vous avez donc toujours confiance? fit le comte.

— Toujours.

— Je vous ai promis de vous laisser toute liberté ; agissez donc comme vous l'entendrez.

Et il lui tendit la main, puis s'assit lourdement, oubliant de reconduire Harry. Hélène accompagna le jeune homme jusqu'à la porte du salon ; et, là :

— Je vous en supplie, monsieur, murmura-t-elle, soyez prudent! On dit que nos ouvriers sont si montés... N'allez pas vous exposer inutilement...

— Et s'il osait résister, il mériterait qu'on flanquât le feu à son usine!
(Page 27.)

Il répondit, avec un doux sourire :
— Priez un peu pour moi, mademoiselle.

Vers huit heures du soir, les ouvriers de l'usine de Montreux se rendaient tous, par groupes, dans une salle assez grande, mais basse de plafond, qui sert alternativement aux

bals publics ou aux réunions politiques. Il s'agissait d'entendre un délégué des groupes socialistes parisiens, dont la
venue était annoncée depuis plusieurs jours par les émissaires
étrangers qui avaient fomenté la grève : ce délégué, disaient-
ils, devait tout révolutionner, faire trembler les patrons, esca-
moter le capital et forcer le comte de Montreux à s'humilier.

A neuf heures, la salle était comble, déjà un peu hou-
leuse. Les jeunes ouvriers qui, n'ayant pas de famille à
nourrir, n'envisageaient la grève que comme une sorte de
mutinerie, riaient, criaient ou chantaient des refrains de café-
concert; les vieux essayaient de leur imposer silence : on ne
les avait entraînés, eux, qu'en leur prouvant que le comte,
pour ne pas perdre les grandes commandes qu'il avait reçues,
serait forcé d'augmenter leurs salaires de dix pour cent. Enfin
la séance fut ouverte. Un bureau s'était rapidement constitué,
composé des principaux meneurs, tous de jeunes ouvriers; et
la parole était donnée à l'orateur parisien.

Il y eut d'abord une désillusion : l'orateur parisien était
petit, malingre, et sa voix éraillée portait mal au fond de la
salle. L'orateur, voyant le mauvais effet produit par sa petite
taille, se fit apporter le tabouret du chef d'orchestre, monta
dessus et, se grandissant encore par des gestes superbes,
entama l'histoire de la longue lutte du capital et du travail.

Son discours débuta par le récit de la vie de souffrances
de l'ouvrier; il fut très applaudi, quoique les ouvriers de
M. de Montreux n'eussent jamais connu la misère. Il parla
ensuite, en termes scientifiques, du rôle du travail dans la
société; il maudit le capital en termes très énergiques. Il dit
beaucoup de choses qu'on ne comprenait pas très bien et qu'il
ne devait pas connaître lui-même très exactement, car il s'em-
brouilla plusieurs fois dans ses phrases et dut rechercher des
éclaircissements sur un carnet qu'il dissimulait sous sa manche; mais on l'applaudit tout de même. Seulement, de divers
côtés de la salle, les vieux ouvriers lui crièrent d'abandonner
ces « balançoires » qui leur importaient peu et d'arriver
aux deux seules questions intéressantes : l'augmentation de
salaires et les syndicats. L'orateur affirma alors que M. de
Montreux s'enrichissait honteusement, que les commandes
affluaient chez lui et que ce serait se montrer fort accom-
modant de n'exiger de lui que dix pour cent d'augmentation. Quant à cette question de syndicats, elle devait

former le *sine qua non* de toute conciliation avec le patron.

— Et s'il osait résister, s'écria l'agitateur, il mériterait qu'on flanquât le feu à son usine!

Ces derniers mots étaient à peine prononcés que les applaudissements éclataient avec frénésie, et l'orateur, jouissant de son triomphe, se croisait orgueilleusement les bras.

Son triomphe fut de courte durée. Au moment où les applaudissements redoublaient, un homme sauta sur la tribune et vint mettre la main sur l'épaule de l'orateur. Le fameux délégué devint blême; et, tout secoué par la peur :

— Que... que voulez-vous?...

Les applaudissements cessèrent aussitôt et il se fit un grand silence. Le président demanda à ce nouveau venu :

— De quel droit venez-vous interrompre l'orateur?

— Permettez; je n'ai pas interrompu le moins du monde l'orateur, j'ai attendu qu'il eût débité toutes ses sornettes, je voulais voir jusqu'où irait son audace. Et je prends à mon tour la parole...

— De quel droit, vous qui êtes un étranger, prendriez-vous la parole?

— Je pourrais vous répondre que votre orateur est aussi étranger que moi; j'invoquerai plutôt un nom que vous respectez tous ici : j'ai été l'ami le plus cher de Pierre Sandrac...

En ce moment, on aurait pu entendre une mouche voler.

— Vous? s'écria le président, allons donc! Je vous reconnais bien, vous êtes un ami du patron : ne venez donc pas abuser du nom de sa victime!

Un murmure de colère parcourut toute la salle; le nouveau venu n'en sembla nullement troublé.

— Je puis être aujourd'hui l'ami du comte de Montreux et avoir été jadis celui de Pierre Sandrac...

— Pierre n'avait qu'un ami, répliqua fougueusement le président, un ami qu'il avait connu à l'école de Châlons; il m'en avait parlé... Et cet ami s'appelait... attendez... il s'appelait Jérôme Labadié.

— Je suis ce Jérôme Labadié! Et j'ai le droit de vous parler à tous comme le ferait aujourd'hui Pierre Sandrac.

Pendant cette discussion, l'orateur parisien, glissant sous la main de Jérôme Labadié, avait peu à peu gagné l'autre bout de la tribune, et il allait disparaître... lorsque Jérôme sauta sur lui, le ramena au milieu et l'apostropha gouailleusement :

— Holà, maître Nicole, depuis quand avez-vous lâché votre métier de camelot pour vous faire agitateur?...

— Un camelot peut bien être un honnête homme, balbutia Nicole.

— Vous avez raison, mon gaillard, il n'y a pas de métier malhonnête; mais ce qui est malhonnête, c'est de tromper de braves gens comme tous les ouvriers qui sont ici réunis!

Nicole, mettant alors ses doigts dans sa bouche, siffla par deux fois; et aussitôt une demi-douzaine d'individus se précipita vers la tribune en hurlant :

— A bas le capitaliste! Enlevez-le!

Mais, quand ils arrivèrent à la tribune, ils virent deux hommes se dresser devant eux : Harry Clifford et Bernard Lavergne.

— On ne passe pas, dit énergiquement Harry.

Et Bernard Lavergne cria :

— On est ici pour discuter et non pour se battre.

— C'est vrai! c'est vrai! Parlez!

Ce fut un cri unanime dans toute la salle : tous les ouvriers avaient les yeux fixés sur Jérôme.

— Ce mauvais drôle, déclara Jérôme, tout en secouant Ugène, n'appartient à aucun groupe socialiste de Paris, pas plus évidemment que les misérables qui vous mentent depuis huit jours. On s'est moqué de vous; vous êtes devenus les instruments inconscients de gens qui veulent ruiner M. de Montreux; et la meilleure preuve que je puisse vous en donner c'est l'aveu que M. Nicole va vous faire immédiatement.

Nicole sentait ses jambes fléchir sous lui.

— Allons! fit Jérôme, d'un ton encourageant.

— Mais, monsieur...

— Préférez-vous que je vous livre à la police, en lui racontant certaine tentative de vol, commise, il y a quelques semaines, dans une maison sise à Billancourt?...

Des grondements parcouraient la salle; plusieurs ouvriers montraient le poing au misérable.

— Monsieur, bégaya Nicole à voix basse, vous me jurez qu'on ne me fera rien?

— Parle donc, avoue! ordonna Jérôme.

— J'avoue, commença Nicole... Mais que faut-il avouer, monsieur?

— Répète : je vais te dicter ce que tu dois dire.

Et Nicole, d'une voix étranglée, répéta ce que lui dictait Jérôme :

— J'avoue que je n'ai jamais fait partie d'aucun groupe socialiste de la Seine... J'avoue que moi, et les hommes qui m'ont précédé ici, nous étions payés par des ennemis de M. de Montreux... pour faire éclater une grève... et au besoin faire incendier l'usine.

Un ouvrier bondit sur la tribune et faillit écraser Nicole d'un coup de poing. Jérôme le protégea.

— Laissez partir ces misérables, dit-il.

Il descendit de la tribune, tenant solidement Nicole.

— Marchez, vous autres, ordonna-t-il aux compagnons du camelot.

Ils avaient tous compris qu'il était inutile de résister. En suivant Jérôme, ils échappaient à la colère des ouvriers qui auraient bien pu les écharper. Jérôme, qui avait parfaitement prévu comment les choses tourneraient, avait pris ses dispositions à l'avance : il fit passer tous ces gredins par une porte placée près de la tribune. Harry et Lavergne protégèrent leur sortie. Et les ouvriers n'étaient pas encore revenus de leurs stupéfaction que tous ces étrangers avaient disparu.

IV

BRAVES GENS

Trois voitures attendaient à une petite distance de la salle de réunion. Nicole et ses acolytes suivirent, sans oser résister, Jérôme Labadié jusqu'à ces voitures; mais là Nicole eut un mouvement de révolte :

— Vous m'avez promis qu'on ne me ferait aucun mal; je suppose que vous n'allez pas me livrer à la rousse?

— Vous le mériteriez tous, dit sévèrement Jérôme; mais, eu égard à votre vieille mère malade, maître Nicole, j'aurai pitié de vous. On va simplement vous conduire à la gare.

Jérôme ne tenait, pas plus que Nicole, à mêler, en ce moment, la police à leurs affaires. Nicole fit un signe à ses hommes; ils montèrent docilement dans les voitures. Ils étaient, d'ailleurs, étroitement surveillés par Harry - et par Bernard Lavergne. Une demi-heure plus tard, les six agitateurs subalternes étaient réunis dans la gare, sous la surveillance de Bernard Lavergne, attendant le passage du train de dix heures et demie. Quant à Nicole, il avait été ramené dans une chambre d'hôtel, par Jérôme et Harry, au moment où il partait, lui aussi, tout joyeux de voir se terminer si bien cette dangereuse aventure.

— Vous rejoindrez tout à l'heure vos camarades, lui dit Jérôme; mais, auparavant, vous allez nous donner quelques explications.

— Ah! si j'avais su, murmurait le pauvre camelot, c'est moi qui ne me serais pas engagé là-dedans!

— Et vous auriez eu raison, répliqua Jérôme : la loi est très sévère pour les misérables qui excitent les Français les uns contre les autres; sans compter les gens que vous trompiez et qui auraient très bien pu vous casser la figure : je vous ai sauvé d'eux et vous sauverai de même de la police, mais à la condition que vous allez me dire le nom de l'individu qui vous a expédiés ici.

Nicole trembla longuement; il se sentait entre deux dangers, également terribles : pour se sauver en ce moment, il lui fallait trahir « le patron »; mais ensuite le patron ne se vengerait-il pas?

— Écrivez donc, disait Jérôme; j'aime beaucoup les petits papiers...

La face de Nicole était devenue terreuse.

— Ah! quelle sale affaire! murmurait-il.

Jérôme poussait devant lui une feuille de papier.

— Votre maître ignorera probablement toujours que vous l'aurez trahi; vous lui expliquerez tout simplement que votre entreprise a échoué. Si vous aviez le malheur de lui dire la vérité, je vous livrerais immédiatement à la Justice. Sachez garder le silence, et nous le garderons aussi.

— Ma foi, tant pis! prononça Nicole en haussant les épaules; il faut que je songe d'abord à ma peau.

Jérôme eut un sourire de triomphe et commença de dicter:

— « Je, soussigné, affirme que j'ai été chargé de fomenter une grève parmi les ouvriers de M. de Montreux... par M. de... » Ajoutez simplement le nom :

Nicole eut une dernière hésitation, puis il inscrivit le nom de Henri de Mondoze.

— Je m'en doutais bien, fit Jérôme.

Harry intervint alors :

— Je m'attendais aussi à ce nom, dit-il; mais il m'en faut un autre; vous obéissez encore à un autre maître : je veux aussi son nom !

Nicole étendit solennellement la main, et, avec un réel accent de vérité :

— Monsieur, je vous jure que j'obéis seulement au vicomte de Mondoze. Que lui-même ait des complices, la chose est possible, probable même; mais je vous jure, sur mon honneur de camelot, que je ne les connais pas.

— Soit! fit Harry après un moment de réflexion. Maintenant, veuillez ajouter ces quelques mots : « Je faisais partie de l'expédition tentée à Houlgate pour enlever Mlle de Montreux... »

Nicole se renversa sur sa chaise et jeta un regard d'épouvante vers Harry; celui-ci, d'un ton glacial, ajoutait :

— Vous voyez que nous en savons assez sur votre compte pour vous faire passer au bagne le reste de votre existence. Écrivez donc : « Cette expédition était dirigée par M. de Mondoze et par M... »

— Monsieur, je vous jure que j'ignore absolument...

— Cet autre individu, vous l'avez vu cependant?

— C'était la nuit, monsieur, vous devez vous en souvenir, et une nuit très noire.

— Soit! Écrivez ce que je vous ai dit.

Quand Nicole eut terminé et signé, Harry lui demanda encore :

— Ce yacht, qui devait enlever Mlle de Montreux,... d'où venait-il?

— Je l'ignore; je commandais l'expédition de terre. Et, quand le coup a été manqué, nous avons rapidement filé dans une baleinière qui nous a déposés à terre vers Cabourg, puis a rejoint le yacht. Le lendemain, le yacht avait disparu, et M. de Mondoze m'envoyait ici. C'est bien tout ce que je sais, mes bons messieurs.

Il y eut un moment de silence; Nicole regardait l'heure avec une inquiétude comique.

— Le train va passer bientôt, murmura-t-il très timidement.

— Il est donc bien convenu, répliqua Jérôme, que vous allez oublier immédiatement ce qui s'est passé entre nous? D'ailleurs, nous payons bien, nous aussi.

Et il tendit un billet de cinq cents francs à Nicole.

— Chouette! Qué noce! s'écria le triste gamin, tout retourné. Et quand vous aurez besoin d'Ugène Nicole, vous aurez qu'à y faire un signe!

Et il empochait joyeusement son billet. — Jérôme et Harry le conduisirent à la gare, où il annonça, en argot, à ses camarades, qu'ils devaient s'estimer rudement heureux d'être quittes à si bon marché. Quelques minutes après, le train les emportait à Lyon, d'où ils revinrent à Paris sans tarder.

— Ah! messieurs! s'écria Bernard Lavergne, quand il vit filer le train, vous avez été bien trop bons pour ces drôles!

— Ils nous auraient gênés, répliqua Harry.

— Et maintenant, monsieur Pierre?... interrogea Bernard.

— Hein! fit Harry.

— Pardon! ça me cause tant de plaisir de vous appeler ainsi... Enfin, monsieur Harry... Quel diable de nom vous vous êtes fourré là! Enfin, vous êtes meilleur juge que moi; et tout ce que je sais, c'est que je vous obéirai aveuglement.

— Commençons par retourner auprès de nos ouvriers. Pauvres grands enfants qui se laissent griser par des mots!

Lorsqu'ils arrivèrent à la salle de réunion, où ils se glissèrent sans être aperçus tout d'abord, le président prononçait une allocution pour rallumer les courages. Ce président, un jeune ouvrier, très adroit, destiné à réussir promptement, s'était fort épris des idées socialistes; et il avait souvent servi de secrétaire à Pierre Sandrac, lorsque celui-ci faisait de la propagande parmi les ouvriers du comte. Il avait beaucoup poussé à cette grève, se sentait menacé si l'on reprenait le travail sans conditions; et, comme c'était le sentiment de la majorité des ouvriers, Clifford se rapprocha de la tribune et dit avec autorité :

— Je demande la parole.

Et, sans attendre la réponse du président, il monta à la tribune. Un sourd murmure l'accueillit. De quel droit, à quel titre, cet étranger, dont on se défiait, venait-il se mêler des affaires des ouvriers? Le président l'apostropha rudement, et quelques voix crièrent :

— Nous ne voulons que des Français ici?

D'un geste souverain, Harry calma tout son auditoire et répliqua chaleureusement :

— Français! Mais qui vous dit que je ne le suis pas, par le cœur, autant... et peut-être plus que vous?

Un vieil ouvrier se leva et dit :

— Pardon! Au nom de qui venez-vous ici?

— Je ne suis le mandataire de personne, je parle simplement en mon nom. Vous vous défiez de moi, je le sais, pour deux raisons : parce que je suis l'ami de M. de Montreux et parce que je suis étranger! Je vous ai déjà répondu sur ce point, et nous en parlerons encore tout à l'heure à cœur ouvert. Ami de votre patron, je le suis; mais cela ne m'empêche pas d'aimer tous les ouvriers, et je vous aime avant de vous connaître. Depuis deux jours j'ai longuement causé de vous avec un homme qui ne vous est pas suspect, M. Bernard Lavergne; et je sais que vous êtes tous de braves gens!

Un murmure d'assentiment parcourut la salle; la simplicité avec laquelle parlait Harry Clifford était allée droit au cœur des ouvriers.

— Nous voilà donc entre nous, reprenait l'orateur; nous avons chassé, comme ils le méritaient, les drôles qui, sous prétexte de socialisme, n'apportaient ici que trahison et mensonge. Nous sommes en famille. — Quand vous allez reprendre le travail, et je ne doute pas que vous ne le repreniez bientôt, vous trouverez en moi, qui suis destiné à vous diriger, du moins pendant quelques mois, vous trouverez, dis-je, un ami sincère et franc, aussi dévoué aux intérêts des ouvriers qu'à ceux de son patron. Je crois donc avoir le droit, mes amis, de vous adresser franchement des reproches. — Pourquoi vous être mis en grève sans un motif plausible? Vos salaires sont suffisants, personne parmi vous ne me contredira... Pourquoi alors avoir écouté les mauvais conseils? Ah! je vois bien le fond des choses : vous avez été outrés du renvoi d'un homme que vous aimiez tous; cela a été le commencement de votre mutinerie. Vous aviez sans doute raison d'aimer ce Pierre Sandrac; mais qui vous dit qu'il n'a pas eu ses torts, lui aussi? Saviez-vous si, par son orgueil, il n'a pas blessé son patron? En second lieu, vous redoutez que M. de Montreux ne déploie de la rigueur contre vous, à cause de votre adhésion presque générale au syndicat;

qu'en savez-vous? Moi qui approuve la création des syndicats, je me fais fort d'obtenir de M. de Montreux qu'il consente à fermer les yeux là-dessus, à la condition que vous repreniez le travail tout simplement, sans imposer des exigences, qui sont inacceptables, je vous le jure. Vous avez donc quitté le travail par coup de tête. Il faut effacer bien vite ce mauvais jour. Et, si vous voulez réfléchir aux conséquences que pourrait avoir votre grève, vous rougirez d'avoir écouté si légèrement votre colère.

Une certaine hésitation régnait, en ce moment, dans l'auditoire : les jeunes commençaient à grogner; mais les vieux trouvaient que leur futur ingénieur parlait avec un bon sens parfait. Harry connaissait bien, d'ailleurs, ceux qu'il avait si justement appelés des braves gens; et il savait avec quoi il allait les ramener unanimement à lui.

— Avant d'être des ouvriers, dit-il gravement, vous êtes tous des Français, et de bons Français. Nulle part, m'a-t-on assuré, le patriotisme n'a de plus fidèles serviteurs que parmi vous. Or, tout à l'heure, vous m'avez reproché de n'être pas Français; il faut que je vous dise ce que j'ai fait. Chacun sert son pays dans la mesure de ses moyens. Vous n'ignorez pas l'importance qu'occupe la fabrication des fusils dans la défense de votre patrie. Toutes mes études sont dirigées, depuis longtemps, sur les difficultés de cette fabrication, et j'ai fini par réussir. Je pouvais exploiter mon invention en Amérique, je pouvais la vendre aux pays rivaux de la France... Je l'ai apportée à la France; j'ai cherché l'usine qui me semblait occuper la première place en dehors des manufactures de l'État, et j'ai choisi celle de M. de Montreux : c'est pour cela que je me trouve parmi vous. Je vous le demande, ai-je agi en étranger ou en Français?...

Un mouvement d'approbation se dessinait; Harry poursuivait, se grandissant, emporté lui-même par son émotion :

— Et vous, comment agissiez-vous pendant ce temps? Vous avez donc oublié que toutes vos troupes ne sont pas encore armées de ce petit fusil qui fait trembler vos redoutables adversaires?... Pour des motifs futiles, vous abandonnez vos ateliers sans vous dire que demain la guerre peut éclater, que le sol de la patrie peut être envahi!... Vous obéissez à des émissaires venus on ne sait d'où, payés peut-être par l'étranger!... Mais si la guerre éclate soudain,

et on nous en menace sans cesse, la France entière aurait les
yeux tournés sur Saint-Étienne, non pas seulement sur la
manufacture de l'État, qui deviendrait insuffisante, mais sur
toutes ces manufactures privées qui sont la réserve de la
France. Tous les Français se diraient, ce jour-là : nous pouvons être tranquilles, nous avons assez de fabriques pour
que tous nos soldats soient armés. Et l'on apprendrait alors
avec stupeur qu'une de ces fabriques, peut-être la plus célèbre, manque à l'appel...

Et, les mains tendues vers cette masse d'ouvriers :

— Camarades, est-ce digne de vous?

Ce fut soudain : un tonnerre d'applaudissements lui répondit. Le président lui-même, qui avait été le plus réfractaire à
l'enthousiasme, battait des mains et ne songeait plus à faire la
moindre objection; il était conquis comme les autres. Harry,
d'un geste, demanda le silence; et il ne dit plus que ces mots :

— Réfléchissez, cette nuit. Demain, les portes de l'usine
seront ouvertes comme d'habitude. Choisissez des délégués,
que nous recevrons à la première heure, je me charge de
tout aplanir. Et que la journée de demain ne se passe pas
sans que le travail ait été repris. Au revoir, mes amis.
A demain. Il me semble que Pierre Sandrac, s'il est bien tel
qu'on me l'a décrit, ne vous eût pas tenu un autre langage!

Le comte de Montreux attendait, avec une impatience
fébrile, le résultat de cette réunion. Il avait passé la soirée
dans son cabinet, où Hélène l'avait suivi.

— Harry tarde bien, dit le comte vers minuit. Le pauvre
garçon aura échoué...

— Non, mon père. Sachez attendre.

— Il a toutes les illusions de la jeunesse, il s'imagine
qu'on peut conduire tous ces gens-là par la bonté, alors
qu'il faudrait une discipline de fer!

— La discipline n'exclut pas la bonté.

Le comte haussa les épaules et s'abandonna de nouveau à
ses méditations. A minuit et demi, il entendit des pas auprès
de la maison; il alla lui-même ouvrir la porte. Harry accourait, tout joyeux, avec Jérôme et Bernard Lavergne.

— Eh bien? interrogea le comte en lui tendant la main.

— J'ai tout lieu d'espérer que le travail sera repris
demain ou, au plus tard, après-demain.

— A quelles conditions ?

— Pas d'autres que l'oubli de ce mauvais jour.

— Vous êtes donc un magicien ? s'écria le comte avec un naïf mouvement de joie.

— Non, monsieur le comte; j'ai simplement fait comprendre à vos ouvriers leurs véritables intérêts.

Un pavillon abandonné depuis longtemps... (Page 40.)

Le visage du comte perdit un instant l'expression de joie qu'il avait eue tout d'abord. Il ne pouvait s'empêcher d'éprouver une sorte de jalousie du succès obtenu par Harry; et, machinalement, il cherchait des objections.

— J'aime à croire, reprit-il d'un ton un peu hautain, que les meneurs n'oseront pas reparaître à l'usine ?

Harry eut un éclair dans les yeux, et, très froidement :

— Je vous ai dit tout à l'heure que les ouvriers ne mettaient pas d'autres conditions à leur rentrée que l'oubli de ce mauvais jour; oubliez donc, monsieur, qu'il y a eu des meneurs.

Et, sur ces mots, l'ingénieur prit congé de M. de Montreux.

— Je crois bien, dit le comte, lorsqu'il se trouva seul avec
sa fille, que ce Harry aura montré trop de faiblesse vis-à-vis
de ces drôles : il n'y a pas d'exemple qu'une grève se soit terminée sans que ceux qui l'ont fomentée aient été punis.

— Oh! mon père, c'est si bon l'indulgence, le pardon!...

Le comte haussa encore les épaules, et :

— Enfin... c'est
bon pour l'instant ;
mais plus tard!

Il eut un geste de
menace. C'était plus
fort que lui : il ne
pouvait se résigner à
cette pensée que des
hommes qui l'avaient
bravé travailleraient
encore chez lui.

Le pauvre caissier avait été si secoué!...
(Page 41.)

V

LA ROUE DE LA FORTUNE

Cette jalousie, ce
léger mécontente-
ment, que le comte
avait éprouvés contre
Harry Clifford, s'aug-
mentèrent le lende-
main quand, dès l'ou-
verture des portes de l'usine, six délégués des grévistes se
présentèrent et demandèrent à parler, non au patron mais
à l'ingénieur.

Le comte était déjà dans son cabinet, s'entretenant avec
Harry.

— Eh bien! lui dit-il d'un ton un peu nerveux, je vois
que je ne suis plus rien ici.

Harry s'attendait à une observation de ce genre; et,
simulant la plus parfaite indifférence :

— J'ai fait, monsieur le comte, ce qui me semblait juste
et en même temps conforme à vos intérêts; mais si vous

trouvez que j'aie outrepassé mes droits, je suis prêt à me retirer, à quitter immédiatement Saint-Étienne...

M. de Montreux comprit son injustice.

— Excusez-moi, dit-il, je suis un peu nerveux ; mais diable ! moi que l'on a souvent accusé d'avoir le caractère un peu vif, je pourrais, je crois, vous adresser le même reproche...

Puis il ouvrit la porte d'une petite pièce attenant à la sienne.

— Recevez donc ces gens-là ici, je ne paraîtrai pas. J'écouterai seulement.

L'entrevue de Harris et des délégués fut courte. Au moment où l'un d'eux, le président de la veille, allait parler, Harry lui imposa silence avec autant de douceur que de fermeté.

— Je sais ce que vous voulez : qu'aucun de vous ne soit inquiété pour sa participation à la grève, pas plus que pour cette question de syndicats. J'ai obtenu cela de M. de Montreux : il oubliera les noms de ceux d'entre vous qui ont mené le mouvement, et il ne s'occupera en rien de votre participation au syndicat. De votre côté, vous prenez l'engagement de ne jamais vous servir de votre force contre votre patron, et vous allez rentrer immédiatement dans vos ateliers. Si l'avenir permet d'augmenter vos salaires, on le fera, n'en doutez pas. Quelques-uns d'entre vous rêvent aussi une participation aux bénéfices : elle viendra peut-être, mais à son heure. Comprenez ce que comprennent déjà beaucoup d'ouvriers, c'est que les changements ne peuvent se produire tout à coup et qu'on ne fait rien de bien quand on va trop vite. Allons, mes amis, mettons-nous tous à la besogne, et n'oubliez pas ce que je vous disais hier, c'est que votre patrie a les yeux fixés sur ce grand centre où se forge la défense du pays.

Puis il leur tendit la main. Par la porte entre-bâillée, le comte put voir tous ces rudes ouvriers serrer avec émotion la main de Harry ; et le plus jeune dit :

— Ah ! monsieur l'ingénieur, vous nous avez ensorcelés ; je crois bien que vous ferez de nous ce que vous voudrez.

— J'y compte, répliqua tranquillement Harry.

Et lorsqu'il eut congédié les délégués, il essuya furtivement quelques larmes, puis entra dans le cabinet du comte.

— Je suis comme mes ouvriers, lui dit celui-ci, je crois que vous m'avez aussi ensorcelé ; vous me faites considérer comme admissibles des choses qui m'exaspéraient il n'y a pas bien longtemps encore... J'espère que vous me direz votre secret pour calmer, pour charmer des gens qui, habituellement, ne veulent rien entendre...

— C'est sans doute parce qu'ils comprennent que je les aime.

Ainsi se termina cette grève, qui aurait mis le comte de Montreux à deux doigts de sa perte. — Ce fut une véritable stupéfaction, quand la nouvelle se répandit dans Saint-Étienne, qu'on reprenait le travail si promptement, si aisément, à l'usine de Montreux.

Mais l'homme le plus étonné de Saint-Étienne fut certainement le commissaire de police du quartier de la Chaléassière : il avait déjà pris ses dispositions pour pouvoir résister à un mouvement des grévistes. Il accourut à l'usine. Le comte l'accueillit avec une certaine fierté.

— Vous voyez, monsieur, lui dit-il, que l'intervention de vos hommes était inutile.

— Je vous en félicite de tout mon cœur ; mais dites-moi s'il est vrai qu'on doive ce beau résultat à l'intervention de votre nouvel ingénieur ?...

— Parfaitement, monsieur.

— Des espions, que j'avais envoyés à la réunion d'hier au soir, m'ont rapporté un conte à dormir debout...

— Qui est parfaitement exact, monsieur.

— Eh bien, je dirais que c'est insensé, monsieur le comte, si l'on pouvait appliquer ce mot d'insensé à une chose aussi heureuse.

Cependant, le travail avait repris avec activité dans tous les ateliers : on avait seulement quelques heures de retard. Et les ouvriers étaient à leur besogne avec tant d'entrain qu'on eût dit qu'il voulaient rattraper le temps perdu.

Harry, après avoir passé un peu partout, avait regagné la pièce qui lui était réservée et où se dressait sa merveilleuse machine à fusils. Jérôme l'y attendait.

— Tout va bien, dit Harry en entrant.

— Tu viens de sauver M. de Montreux une fois de plus.

— Je crains que l'occasion ne se présente encore plus d'une fois de le sauver, ce malheureux. Hier, il me faisait pitié ; et, ce matin encore, malgré quelques paroles désagréables qui lui ont échappé, je souffrais de le voir si humilié...

— Tu n'as plus, je le vois, grande rancune contre lui ?

— Pas la moindre, je te l'avoue ; je le comprends mieux qu'autrefois. Et puis, que m'importe son hautain caractère ? Ne suis-je pas près d'Hélène ? Et c'est à toi, Jérôme, à toi que je dois cela !...

— Sacrebleu ! interrompit Jérôme, que tu es désagréable de répéter toujours la même chose ! Occupons-nous plutôt de préparer l'avenir. — Nous savons, maintenant, à n'en plus douter, que le comte de Mondoze est un des ennemis du comte de Montreux.

— Mondoze n'est que le bras : il obéit au baron Kreizer...

— Cela, mon ami, tu le soupçonnes, tu n'en as pas encore les preuves. Marchons lentement...

— Lentement !... J'ai hâte pourtant de me faire connaître, de détromper Hélène, de me laver de cette infâme accusation...

— Patience ! Nous y arriverons bien... En attendant, je crois que ma présence à Saint-Étienne n'est plus indispensable ?

— Et tu ne serais peut-être pas fâché, dit Harry en souriant, d'aller faire quelques visites du côté du Ranelagh ?

— Tu es absurde avec tes allusions ! s'écria Jérôme. Ingrat, ce n'est que pour toi que je veux rentrer à Paris, où je vais me livrer à une active surveillance des Mondoze, des Kreizer, des vicomtesses de Granson et de toute cette jolie clique qui me fait tout l'effet d'une association de criminels. Toi, tu ne bouges plus d'ici, tu gardes ton trésor ; moi, je vais à la découverte.

Jérôme partit, en effet, dans la journée.

L'usine avait déjà entièrement repris son allure accoutumée. Après le déjeuner, le comte avait officiellement présenté Harry Clifford à tous les contremaîtres, leur disant :

— Vous lui obéirez comme à moi-même.

Puis il avait procédé à l'installation de son ingénieur, installation sommaire qu'il se promettait de rendre bientôt plus confortable et plus élégante. Il lui avait donné un pavillon situé à mi-chemin entre l'usine et la villa, pavillon abandonné depuis longtemps et qui ne servait guère qu'à mettre de vieux livres et de vieux modèles. Dès le matin, il avait donné l'ordre de le nettoyer et de le meubler à la hâte des choses les plus indispensables. Or, il se trouva que ces choses les plus indispensables, qu'on allait chercher dans les débarras de la villa étaient toutes jolies, bien choisies, toute une chambre du style Louis XV, un charmant bureau renaissance...

— Un tas de vieilleries qui se perdaient dans la poussière du grenier, dit le comte à Harry : j'ai chargé ma fille de vous envoyer ce qu'il y avait de moins détérioré... Mais, avant longtemps, je vous donnerai un tout autre mobilier...

— Non, non, dit vivement Harry ; j'aime beaucoup ces vieilles choses.

— Et puis enfin, vous aurez le temps de vous installer à votre guise, lorsque la grande commande, que nous attendons du baron Kreizer, aura été mise en train. — Nous fixerons, si vous le voulez, vos appointements fixes à mille francs par mois, et nous nous entendrons pour la rédaction d'un traité établissant votre participation aux bénéfices...

— Je m'en rapporte absolument à votre loyauté, monsieur.

Et Harry approuvait tout. Il semblait léger, heureux, vraiment tout différent de l'homme froid et raide que le comte avait connu jusqu'alors.

— Notre Américain s'humanise, dit-il à sa fille. A part ses idées absurdes sur les ouvriers, il me plaît beaucoup. Aie soin que rien ne lui manque dans son petit pavillon.

— Soyez tranquille, mon père, répondit Hélène avec un fin sourire : il ne manquera de rien.

Toutes ces affaires intérieures réglées, le comte s'enferma avec Jordanne pour s'occuper des questions financières, qui n'offraient pas moins de difficultés que la direction de l'usine. Le pauvre caissier avait été si secoué par cette menace de grève que, depuis le matin, il tournait machinalement dans son bureau sans avoir commencé aucun travail ; homme d'ordre, de régularité, il était troublé par une foule d'idées, dont la plus inquiétante, à son point de vue, était celle-ci : fallait-il payer aux ouvriers cette journée inoccupée ? Cela ne soulèverait-il pas de nouveaux ennuis ?

Le comte régla cette question avec bonne humeur.

— Il ne faut pas que je me montre moins large que mon ingénieur, dit-il : on paiera cette journée comme les autres.

Jordanne, comme caissier, trouva la solution mauvaise ; mais, d'un autre côté, il fut enchanté, parce que c'était le samedi le lendemain et que ses feuilles de paye étaient prêtes.

— Cependant, monsieur le comte, ce n'est guère le moment de faire des générosités.

Et il montra tous ses livres à M. de Montreux, et surtout celui des échéances. .

— Je n'en dors plus, monsieur !

— Eh bien ! Jordanne, dit le comte qui était décidément en belle humeur, nous ferons comme les mois derniers : nous aurons recours à ces banquiers parisiens qui sont tout bonnement des usuriers...

— Mais, monsieur le comte, tous nos bénéfices et même plus que nos bénéfices passent là !

— Je le sais aussi bien que vous, Jordanne ; mais il faut que je paye mon imprudence : j'ai été trop vite, je me suis débarrassé trop tôt de mes commanditaires, j'ai construit trop tôt ces nouveaux ateliers... Je ne pouvais prévoir qu'on me volerait plusieurs centaines de mille francs. Ne nous révoltons pas contre la mauvaise fortune, supportons-la bravement.

Et les deux hommes continuèrent de travailler.

Au milieu de l'après-midi, un employé vint prévenir Jordanne qu'on le demandait à sa caisse, pour le payement d'une traite ; le caissier se leva, tout surpris, balbutiant :

— Mais je n'ai rien de noté pour aujourd'hui, rien...

— Voyez donc, dit le comte... C'est peut-être un oubli...

Le caissier disparut une minute, puis revint dans le cabinet du comte ; il était tout pâle et tenait un billet à la main.

— Eh bien? interrogea M. de Montreux.

Jordanne, sans répondre, tendit le billet à son patron, qui lut d'abord le chiffre, cinq mille francs, puis vit la signature de son frère au bas du billet.

— Encore quelque folie ! murmura-t-il. Elle tombe mal... Vraiment, mon frère dépasse les limites...

Il y eut une minute de pénible silence. Puis :

— Pouvez-vous payer, Jordanne ?

— Je peux, monsieur ; mais si pareille chose se renouvelait...

Le comte retournait le billet ; il eut un léger tremblement : le billet avait été escompté par le baron Kreizer.

— Payez, payez ! ordonna-t-il.

Et, tandis que Jordanne s'éloignait, il balbutia :

— Vraiment! Mon frère commence à abuser de moi.

Au bout de quelques minutes, Jordanne reparaissait, absolument défait, et déposait plusieurs billets semblables sur la table du comte.

— Qu'est-ce que c'est donc que cela?

— La suite, monsieur; le billet que je viens de payer n'était que le premier : on soumet ceux-ci à votre acceptation, on reviendra les chercher demain : ils sont tous de la même somme, payables de quinze en quinze jours : au total, cinquante mille francs.

— Mais mon frère devient fou !

— Je le croirais aisément, monsieur !

— Ne pas même me prévenir !

Et le comte examinait les billets : tous avaient été escomptés par le baron Kreizer.

— Nous reprendrons notre travail demain, finit-il par dire.

Et il rentra chez lui.

Dans la soirée il reçut une dépêche de son frère :

« Arriverai demain. Pense que tu auras réglé petit billet. Pressé. Pas eu le temps te prévenir. T'apporte une affaire splendide.

« René de Montreux. »

Une affaire splendide ! Le comte sourit amèrement.

— Le malheureux finira par me perdre, avec sa légèreté.

« L'affaire splendide » qu'il attendait avec un peu plus d'assurance, c'était celle du baron Kreizer.

Il était cependant un peu étonné de ne pas avoir reçu de ses nouvelles. Cinq jours s'étaient écoulés depuis qu'il l'avait quitté si brusquement, pour aller chercher sa fille à Houlgate. Il avait été convenu entre eux que le comte le préviendrait de son retour à Saint-Étienne : il avait télégraphié au baron, de Houlgate et de Saint-Étienne; et le baron ne lui avait plus donné signe de vie.

Quand le courrier du soir arriva, sans apporter encore de lettre de Kreizer, le comte eut pour la première fois une nuance d'inquiétude, et il se disposait à télégraphier encore au baron, lorsque Hélène, qui parcourait les journaux arrivés par le courrier du soir, poussa un cri d'indignation.

— Ah ! père, c'est abominable !...

Le matin, les journaux de Saint-Étienne avaient raconté, en quelques lignes, sans lui donner d'autre importance que celle d'un malentendu, la grève de la veille. — Les journaux parisiens, au contraire, publiaient un récit très pessimiste. Une grève très dangereuse, disaient-ils, avait éclaté à l'usine du comte de Montreux, à la suite de graves mécontentements : les ouvriers avaient entouré les ateliers en prononçant des paroles menaçantes ; et on avait dû avoir recours à la police pour protéger ces ateliers contre l'incendie. La dépêche, soi-disant envoyée de Saint-Étienne, se terminait par ses mots : « On s'attend à des incidents très graves. » Enfin, un journal ajoutait cette phrase : « Le bruit court que, devant ces incidents, un gouvernement étranger aurait retiré à M. de Montreux une importante commande... »

— Mais qui a pu répandre de telles infamies ?... s'écriait le comte tout abattu. Qui donc s'acharne ainsi contre moi ?

Il eut une nuit sans sommeil ; et, le lendemain matin, il reçut le dernier coup. Le courrier lui apporta la lettre suivante du baron Kreizer :

« Mon cher comte,

« Je n'ai que des nouvelles navrantes à vous donner. Le bruit s'est répandu hier, dans Paris, que vos ouvriers se mettaient en grève et menaçaient d'incendier votre usine ; vous savez avec quelle rapidité tout ce qui se dit à Paris se télégraphie à l'étranger. J'ai eu beau envoyer des nouvelles rassurantes à mes correspondants, j'ai reçu bientôt, par dépêche, l'ordre d'interrompre toutes négociations avec vous ; et, ce matin, on me télégraphie que la commande sera décidément confiée à une usine d'Allemagne. Je suis désolé et me mets entièrement à votre disposition si je puis en quoi que ce soit vous compenser des ennuis qu'on me force à vous causer.

« Veuillez agréer, etc.

« Baron Kreizer. »

VI

TOUT EN ROSE

C'était ce jour-là que le marquis de Montreux devait
arriver à Saint-Étienne, par le premier train. Lecomte, voulant manifester son mécontentement à son frère, ne se rendit
pas au-devant de lui : seule, Hélène se trouvait à la gare.

— Ah çà ! fit le général en l'embrassant, monsieur ton
père est donc bien absorbé qu'il ne se dérange pas pour venir
au-devant de son aîné, qui lui apporte la gloire et la fortune ?

Hélène, qui ne savait pas mentir, balbutia quelques mots
sur les occupations de son père ; mais le général l'interrompit.

— Bon, je vois : il est furieux, contre moi, à propos d'une
bagatelle d'argent... S'il savait ce que je viens lui annoncer ?

Quand le comte vit son frère toujours joyeux et exubé-
rant, il n'eut pas le courage de lui garder rancune ; et ils
s'embrassèrent affectueusement.

— Tu ne me grondes pas? fit le général avec son plus
coquet sourire.

— Tu sais bien que tu le mériterais !

Mais personne ne savait se faire pardonner comme ce
vieil enfant.

— Et cette affaire splendide, interrogea le comte ; est-ce
sérieux ?

— Plus beau que tout ce que tu pourrais rêver !

— Je te préviens que ton ami, le baron Kreizer, m'a retiré
ses ordres...

— Ah! je te jure qu'il n'y a pas de sa faute ! s'écria le général ; je l'ai vu continuellement pendant ces deux jours : il
était littéralement affolé; il déclarait à qui voulait l'entendre

qu'il ne croyait pas à une grève sérieuse chez toi : et, si cela n'avait dépendu que de lui, jamais on ne t'aurait retiré ses ordres. Quelques jours avant, il n'avait pas hésité à me rendre service... C'est l'obligeance même que cet homme...

Et, baissant un peu la voix pour n'être entendu que de son frère :

— De vieux comptes à régler. Ma signature engagée, mon cher Jean... Bref, il me fallait de l'argent tout de suite...

— Bien, bien, dit le comte, avec une légère impatience; mais, je t'en supplie, ne recommence plus.

— Oh ! cela, je te le jure !

Le comte eut un sourire plein d'amertume.

— Telle était donc la situation, reprit le général, lorsque je reçois un mot du ministre de la Guerre me priant de passer à son cabinet.

— Le... ministre de la Guerre?

— Oui. Et toi, mademoiselle, fais-moi le plaisir de ne pas aller bavarder sur ce que tu vas entendre.

— Ne savez-vous pas que je suis aussi bonne patriote que vous, mon oncle ? répliqua la jeune fille qui devinait à demi.

— Le ministre me fait donc appeler et me dit :

« — Est-il vrai, général, que votre frère ait inventé une merveille de machine à fusils ?

« — Ce n'est pas tout à fait lui, monsieur le ministre; mais il a contribué à l'invention, et c'est chez lui que se trouve cette machine. »

« Le ministre réfléchit une seconde, puis reprend :

« — On m'a assuré qu'elle se trouvait aussi chez M. Herbelin ; mais je veux un homme plus sérieux qu'Herbelin, et j'ai surtout songé à votre frère en sa qualité d'ancien officier. Voici la situation ; mais, auparavant, votre parole que tout ceci restera secret? »

« Je donne naturellement ma parole; et le ministre me raconte que la guerre est peut-être à la veille d'éclater, que notre armement est supérieur à celui des autres, mais malheureusement incomplet : notre admirable petit fusil n'est encore remis qu'à une bien petite partie de nos troupes ; il faut donc, en prévision d'une catastrophe, s'adresser à l'industrie privée.

« — La manufacture de Saint-Étienne et celle de Châtellerault fournissent, m'a-t-il dit, un grand nombre d'armes par jour, mais pas suffisamment. Cependant, si je me décide à donner une commande à l'industrie privée, je veux que cela demeure absolument secret : il est inutile d'inquiéter à l'avance l'opinion publique. En admettant que je la confie à votre frère, le public devra tout ignorer : votre frère fabriquera toutes les pièces nécessaires et les livrera secrètement à une manufacture de l'État où on les montera. Partez donc pour Saint-Étienne, voyez vous-même où en est sa fabrication : je sais qu'une grève a éclaté chez lui, mais que, malgré les mauvais bruits qui ont couru, elle n'avait aucune importance. Ramenez-moi votre frère, qu'il apporte tous les documents nécessaires... Et je déciderai. »

Le comte, en entendant ce récit, avait promptement oublié et les ennuis que lui avait causés son frère et tous ses autres ennuis : une joie éclatante se lisait sur son visage ; son plus beau rêve allait être réalisé. Il demeura quelques minutes comme anéanti.

— Que ce serait beau ! murmura-t-il. Si tu savais combien de fois j'ai eu des accès de rage lorsque je livrais des armes, fusils, canons, ou bien des plaques de blindage à des pays étrangers !... Mais travailler pour son pays !...

Il se jeta alors dans les bras de son frère et le serra longuement contre lui.

— Je te remercie, frère ; car je devine ce que tu ne me dis pas, c'est que le ministre a songé à moi à cause de la vieille amitié qui le lie à toi...

— C'est un ancien camarade de Saint-Cyr : il m'aime beaucoup, dit simplement le marquis.

— Morbleu ! nous allons bien travailler pour la défense de notre cher pays.

La voix du comte tremblait ; Hélène avait rarement vu son père aussi agité. Cet homme si rude, si entier, avait des tendresses d'enfant pour sa patrie.

— As-tu parlé au ministre de mon nouvel ingénieur ? Il faut bien que je le mette dans la confidence.

— J'ai dit simplement que c'est ton ingénieur à qui revient l'honneur de l'invention ; j'ai jugé inutile de parler de sa nationalité : cela aurait peut-être refroidi le ministre. Et moi qui connais bien M. Clifford, je sais qu'il aime la France autant que nous pouvons l'aimer nous-mêmes.

Le comte sonna et fit prier Harry de venir le rejoindre immédiatement.

Il arriva aussitôt, et le général l'accueillit avec de grandes démonstrations d'amitié ; de son côté, Harry sembla tout heureux de revoir le général.

— J'apporte une bonne nouvelle pour vous, dit celui-ci.

— Ah çà! fit le général en l'embrassant. (Page 45.)

— Pour nous tous, dit le comte : et M. Clifford en a sa part, sa grande part; car c'est à lui que nous la devons. Tout d'abord, mon ami, votre parole que ce que nous allons dire demeurera secret?

Harry s'inclina en signe d'acquiescement.

— Je ne suis pas encore allé dans vos ateliers spéciaux, reprit le comte, j'ignore donc où en est votre découverte ; veuillez renseigner mon frère à cet égard : il vient ici, confidentiellement, au nom du ministre de la Guerre.

Harry eut un imperceptible mouvement de satisfaction ; puis, du ton froid qu'il affectait toujours :

— J'ai déjà fabriqué plusieurs fusils et j'aurai demain trois machines en état de travailler. Dans quinze jours, si j'arrête certains travaux qui ne sont pas pressés, pour consacrer de nouveaux ateliers à la fabrication de ces machines,

Mais bientôt il se-remettait à sa table... (Page 50.)

j'en aurai suffisamment pour pouvoir livrer plusieurs centaines de fusils par jour ; il serait même possible, en se consacrant exclusivement à cela, de livrer jusqu'à mille fusils... Je ne parle naturellement pas du montage, qui ne se ferait sans doute pas ici?

— Évidemment non. — Tous vos plans sont prêts ?
— Oui, monsieur.

111.

— Et le devis des dépenses ?

— Je le terminais lorsque vous m'avez fait appeler.

— Je puis donc partir pour Paris ?

— Vous pouvez partir aujourd'hui même, monsieur le comte ; et, comme la présence d'un étranger dans votre manufacture soulèverait quelques difficultés, il vaudra mieux, je crois, ne pas parler de moi au ministre.

Cette délicatesse toucha profondément le comte.

— Je serai peut-être en effet obligé de ne pas vous nommer, dit-il, à cause des résultats considérables que je puis retirer d'une telle affaire ; mais croyez que, le moment venu, je saurai vous rendre hautement justice...

— Les résultats seuls m'intéressent, monsieur le comte.

— Eh bien ! dit le comte lui tendant la main, je vous renvoie à votre cabinet : tâchez d'avoir tout terminé avant ce soir, que je puisse profiter de la nuit pour voyager.

Harry s'inclina et se retira, ne donnant aucune marque d'émotion ; mais, quand il fut dans son cabinet, il se laissa aller à une explosion de joie, où son patriotisme avait la plus grande part : il allait donc être utile à son pays ! Mais bientôt, il se remettait à sa table, vérifiait ses épures, ses calculs, cherchait ardemment si on ne pouvait pas encore lui faire quelque objection.

Au milieu de la journée, comme il préparait tous les papiers nécessaires au comte, il reçut la visite des deux frères, qu'accompagnait Hélène. Il s'excusa, avec une légère confusion, d'être en veston de travail ; il dit même :

— Je ne puis vous serrer la main, je suis tout noirci par les pièces d'acier.

Mais le général, très enthousiaste, répliqua vivement :

— Cela me rappelle le temps où les miennes étaient noires de poudre... Ah ! jeune homme, ce temps reviendra peut-être bientôt, et vous serez un de ceux qui nous auront le mieux préparé la victoire.

— Mais vous, mon oncle, dit Hélène gentiment, vous resterez tranquille alors, je pense ? Vous avez bien gagné le repos..,

— Ah çà ! gamine, te moques-tu ?

Et il se redressait superbement, ne remarquant pas un léger sourire de son frère, qui trouvait en effet que le marquis était encore bien jeune.

— Moi, au repos? Mais, au premier appel, nous filons avec Bernaud, et nous allons prendre notre revanche de cette sacrée année... En attendant qu'on recommence, allons voir cette fameuse machine.

Harry les conduisit par un couloir, qui menait de son pavillon à son atelier, et il commença d'expliquer le fonctionnement de sa machine, semblant ne s'adresser qu'au général; mais il n'employait que des termes très simples, évitant de se servir de ces expressions techniques que ne peuvent comprendre les profanes; et parfois, à la dérobée, il jetait un coup d'œil vers Hélène et éprouvait une jouissance exquise à voir avec quel intérêt elle l'écoutait. Une fois même, elle n'avait pas très bien compris, et le pria de répéter.

— Vas-tu donc te passionner pour la mécanique? lui demanda son père.

Elle rougit un peu et répondit :

— Non, père, mais pour tout ce qui intéresse la France.

Puis, Harry fit fabriquer un fusil devant leurs yeux, mettant un morceau d'acier dans sa machine, d'où bientôt sortait un de ces mignons canons qui semblent des bijoux auprès des vieilles arquebuses de jadis.

— Ce ne sont plus des armes, dit le général, ce sont des joujoux.

Les deux frères partirent dans la soirée, avec Hélène.

Le lendemain, les deux frères se présentaient au ministère de la Guerre et étaient aussitôt reçus par le ministre. Le comte apportait le fusil qui avait été fabriqué la veille.

Le ministre l'examina longuement; puis il étudia le plan de la machine, que lui soumettait le comte.

— Puis-je voir la machine elle-même? demanda-t-il.

— Je suis parti précipitamment, monsieur le ministre, et n'ai pu emporter que le plan; mais il est facile de télégraphier à Saint-Étienne...

— On m'a dit que M. Herbelin possédait une machine semblable...

— A peu près, monsieur le ministre, mais pas aussi perfectionnée : depuis quelques jours, d'importantes améliorations y ont été apportées par mon ingénieur.

Le comte renseigna ensuite le ministre sur le prix de revient, sur le bénéfice qu'il devait prendre : il agissait avec la loyauté d'un Français qui veut avant tout servir sa patrie ; et il annonçait que, comme bénéfice, il ne songeait qu'à couvrir ses frais généraux, se contentant de l'honneur que lui avait fait le ministre en songeant à lui... Celui-ci l'interrompit.

— Je m'attendais à trouver de tels sentiments chez vous, comte ; et c'est pour cela que j'ai songé à vous tout d'abord. Au point de vue commercial, cette affaire, si nous la concluons, ne sera guère avantageuse pour vous ; vous n'en retirerez même pas, en ce moment, beaucoup de renommée ; car, avant tout, je vous demanderai le secret...

— Mon frère m'a prévenu.

— Mais je tiens à insister sur ce point. J'avais pensé aussi à Herbelin et à plusieurs manufactures parisiennes où j'aurais eu l'avantage de pouvoir tout surveiller ; mais il est impossible de garder une chose secrète à Paris : les journalistes fourrent leur nez partout. La situation est grave ; on peut nous attaquer d'un moment à l'autre, sans doute au printemps prochain : il faut que nous soyons prêts. Mais nous serions des fous d'alarmer à l'avance l'opinion publique.

Le ministre fit une légère pause, puis reprit :

— Vous devez comprendre qu'il m'est impossible de demander, en ce moment, un nouveau crédit aux Chambres ; et vous serez obligé de faire vous-même un crédit un peu long à la France : vos capitaux vous le permettront-ils ?

Ah ! comme il en coûta au comte de mentir ! Et il avait à peine prononcé : « Oui, monsieur le ministre, » qu'il regrettait son mensonge. Mais il lui en aurait coûté bien davantage d'avouer que ses ressources personnelles étaient épuisées ; d'ailleurs, le ministre le rassurait, en ajoutant :

— Je pourrai sans doute m'entendre avec le ministre des finances pour vous rembourser en partie vos avances vers la fin de l'année ; mais je ne puis vous promettre rien de certain avant l'année prochaine. Bref, si vous êtes en mesure de me satisfaire, retournez immédiatement à Saint-Étienne : j'enverrai, sous peu, un des membres du comité d'artillerie visiter secrètement votre installation ; je commence par vous donner, à titre d'essai, une commande de cinq mille fusils, et, si votre fabrication marche comme je l'espère, je vous donnerai une commande définitive de cent mille fusils. Adieu, comte ! Rappelez-vous que pour le secret, j'ai votre parole de gentilhomme !

— Ma parole de soldat, monsieur le ministre.

Sur cette fière parole, le comte se retira avec son frère.

Le général était fou de joie, et bien persuadé qu'il avait réparé tout le mal qu'il avait pu faire à son frère. Le comte semblait, au contraire, fort soucieux.

— Mais tu n'es donc pas satisfait? lui demanda plusieurs fois le général.

Le comte souriait, affirmant qu'il était au comble de ses désirs; et il répondait :

— Je réfléchis, mon ami, voilà tout.

Mais son visage redevenait bien vite sombre. A peine avait-il quitté le ministre qu'il éprouvait une sorte d'effroi de la responsabilité qu'il venait d'assumer. Pour exécuter cette commande, il lui faudrait encore emprunter de l'argent. A qui s'adresser désormais? Les usuriers commençaient de se montrer récalcitrants; des banquiers français lui demanderaient des explications. Si, du moins, on ne lui avait pas retiré ces ordres du gouvernement serbe!

C'est ainsi qu'il fut amené insensiblement à songer au baron Kreizer. Une voix secrète lui disait cependant d'en finir avec cet homme, de ne jamais le revoir, de lui accuser purement et simplement réception de sa lettre, sans manifester son dépit en quoi que ce soit. Et cependant cet homme lui devait bien une compensation : il n'avait pas hésité à le lui écrire.

Après de nombreuses tergiversations, M. de Montreux se décida enfin à rendre visite au baron.

Celui-ci l'accueillit avec les plus vives démonstrations d'amitié et se répandit en invectives contre la stupidité de ses compatriotes, qui avaient si facilement ajouté foi à de fausses nouvelles.

— Tant pis! dit le comte, jouant fort bien l'indifférence, n'en parlons plus...

— Mais, mon cher comte, je m'imaginais si bien que l'affaire était sûre que j'avais réuni des capitaux, pour vous faire des avances... au cas où cela aurait été nécessaire?...

Ce mot d'avances fit tressaillir le comte.

— Aussi, ajoutait Kreizer, ai-je saisi avec joie l'occasion de rendre service à votre frère; et si je pouvais en faire autant pour vous, je serais vraiment enchanté.

Qu'il savait bien tendre ses appâts, le misérable!

— Je voudrais tant vous prouver mon amitié ! Je vous en prie, mon cher comte, si l'occasion s'en présentait, agissez avec moi comme si j'étais un ami de vingt ans... Tenez! je sais que, dans l'industrie, on n'a jamais assez de capitaux ; les crédits se prolongent souvent bien au delà de ce qu'on aurait cru... Eh bien! mon cher comte, quand vous voudrez me considérer comme votre banquier, vous trouverez chez moi tous les capitaux que vous pourrez désirer.

— Merci, mon cher baron, merci, dit le comte baissant un peu la tête. Je verrai... Plus tard... si l'occasion se présentait... Merci encore...

VII

LA NOUVELLE ÉCOLE

Le comte avait eu un dernier scrupule. Avouer ainsi, tout de suite, à cet étranger, qu'il traversait en effet une de ces crises où l'on cherche de l'argent de tous côtés!... Et cependant, tandis que le baron le reconduisait, il regrettait déjà son hésitation. Et l'Allemand, qui lisait très clairement dans ses pensées, se disait joyeusement :

— Il n'a pas osé aujourd'hui; mais il y viendra.

Lorsque le baron remonta dans son cabinet, il y trouva son fils Max.

— Tu étais donc là?

— Je suis arrivé pendant que le comte de Montreux était chez vous; je n'ai pas voulu vous déranger.

— Devines-tu ce qu'il est venu faire?

— Parbleu! Vous emprunter de l'argent?

— Pas encore; mais il le fera avant longtemps.

— Et je pense que vous allez prendre vos dispositions pour lui en prêter?

Le baron eut une légère hésitation, puis répondit :

— Naturellement, mon fils, si c'est ton avis, puisque c'est toi, maintenant, qui diriges nos affaires...

— Ah! oui, mon père! s'écria Max avec un vif accent de reproche, laissez-moi tout diriger, désormais; vos moyens sont vraiment trop usés...

— Tu trouves ton père vieux jeu, fit le baron, sans montrer trop d'amertume.

— Que voulez-vous, mon père, le siècle a marché, nos idées diffèrent des vôtres... Vous vouliez organiser un sombre mélodrame là où suffira, selon moi, la comédie, mais une comédie bien cruelle, bien moderne, qui aboutira à une vengeance autrement effroyable que celle que vous aviez rêvée...

Le baron haussait légèrement les épaules.

— Quand vous m'avez exposé votre plan de vengeance, mon père, rappelez-vous que je m'y suis opposé fortement : et, pourtant, tout semblait admirablement combiné, tout semblait en prédire le succès. Et la tentative a échoué, parce que, un enlèvement, ça ne se fait plus au XIXe siècle : on n'enlève plus que les jeunes personnes qui veulent bien...

— Je n'ai pas réussi, donc j'ai tort, conclut le baron en souriant mélancoliquement.

— Et vous n'avez pas plus réussi à Saint-Étienne. Au premier abord, cependant, l'idée pouvait sembler superbe : une grève...

— Qui devait surtout se terminer par un incendie, ne l'oublie pas!

— Eh! mon père, quand on veut vraiment que quelque chose soit brûlé, on y met le feu soi-même. Quant à cette grève, c'était une absurdité. Les ouvriers ne sont plus les imbéciles de jadis : ils ne se battent plus pour le compte des autres. Vous avez cru, et M. de Mondoze avec vous, qu'il suffisait d'exciter ces gens-là contre M. de Montreux, de leur distribuer de l'argent, de les faire boire; vous en êtes pour vos peines et pour votre argent; et nous ignorons encore comment les choses ont pu se passer là-bas, puisque M. de Mondoze n'a pas encore su remettre la main sur ce fameux agent qui devait tout bouleverser. Mais je devine très bien comment tout s'est arrangé : les gens raisonnables ont fait comprendre aux grévistes qu'ils n'avaient rien à gagner à cette grève, qui était absurde, et les ouvriers ont repris tout simplement leur travail. Vous avez donc échoué, de ce côté aussi, parce que vous n'avez pas tenu assez compte des idées modernes.

— Soit! fit le baron d'un ton ennuyé; mais enfin, toi, que veux-tu faire?

— Je veux, dit Max en martelant ses mots, pénétrer dans

l'intimité de la famille de M. de Montreux, je veux être invité
à demeurer chez lui... à Saint-Étienne... Je veux vivre auprès
d'Hélène...

En prononçant le nom de la jeune fille, Max devint tout
pâle.

— Prends garde, Max, j'ai déjà pressenti ce danger : tu
finiras par te laisser prendre, par aimer...

— Mais je ne veux pas vous le cacher plus longtemps,
mon père : oui, j'aime! J'aime passionnément, follement.
Mlle de Montreux... Oh! oui, je l'aime! mais comme un tigre
peut aimer la proie qu'il va dévorer... Et non seulement je
veux qu'elle soit à moi, mais qu'elle m'aime, elle aussi! Le
comte est ruiné, ou du moins, à la suite de ses imprudences,
il traverse une crise épouvantable. Avant huit jours, il vous
demandera cent mille francs, puis cent autres mille... et ainsi
de suite jusqu'à ce qu'il vous propose lui-même de devenir
son commanditaire. Il faudra sacrifier cinq ou six cent mille
francs peut-être... Que nous importe? N'avons-nous pas
plusieurs millions? Profitons donc de cette bonne puissance
de l'argent qui nous rend invincibles! Le comte aura tout ce
qu'il désirera, mais à la condition que Mlle de Montreux consente à porter mon nom...

— Tu voudrais l'épouser!

— Et pourquoi pas? N'est-ce pas le moyen le plus simple
pour pouvoir torturer une femme, que de l'épouser? Je serai
son maître, enfin! Et, pour faire son devoir, elle m'aimera...
Ah! vous verrez alors comme vous serez bien vengé! Je lui
broierai le cœur... Et puis, pour tout couronner, j'incendierai
cette usine, comme on a jadis incendié votre maison, et nous
serons là pour jouir de ce délicieux spectacle! Et pour dernière humiliation, une fois notre rage satisfaite, nous partirons, après avoir révélé qui nous sommes... Et nous rentre-
rons chez nous, satisfaits et vengés! Qui pourra nous attaquer,
nous poursuivre? Un mari qui abandonne sa femme, cela ne
se voit-il pas tous les jours? Et cette usine, qui songera à
nous accuser de l'avoir incendiée, puisque nous y aurons
perdu plusieurs centaines de mille francs?... La voilà, la vraie
vengeance, qui ne nous fera courir aucun danger, et que
nous pourrons savourer à longs traits!...

Le baron demeura tout d'abord silencieux ; il était tout
saisi par la profondeur de la cruauté de son fils.

— Admettons que ton plan réussisse, dit-il enfin ; tu oublies une des conséquences les plus importantes : si, de ce mariage... naissait un enfant?

Max eut un ricanement sauvage.

— Ah! ah! mon père, ne serait-ce pas le dernier raffinement de notre vengeance? Laisser à cette famille si française un enfant qui aurait du sang allemand dans les veines !

Le baron s'inclina en ricanant.

En ce moment, le valet de pied vint annoncer que M. de Mondoze demandait le baron.

— Faites entrer, dit Max.

Et tandis que le domestique s'éloignait :

— Peut-être nous apporte-t-il enfin des nouvelles?

Et Mondoze n'avait pas eu le temps de saluer ses complices que tous les deux lui demandaient anxieusement « s'il avait retrouvé son homme » ?

— Je le quitte à l'instant, dit Mondoze d'un air vexé : il se cachait de moi, parce qu'il avait peur de ma colère ; je crois bien qu'il avait peur aussi de la police. Mais enfin, je l'ai retrouvé.

— Vous a-t-il expliqué son insuccès?

— Oui... ou du moins il m'a donné des motifs qui semblent sérieux. Nous avions eu tort de nous imaginer qu'une grève se menait si facilement ; les temps sont changés, l'ouvrier ne se laisse plus conduire comme un imbécile.

Max jeta un regard de triomphe à son père. Henri de Mondoze continuait :

— D'abord, tout marchait bien. Mon homme avait recruté quelques-uns de ses pareils, beaux parleurs, adroits et solides, une demi-douzaine environ ; et ils avaient fort bien réussi à faire éclater la colère, qui existait à l'état latent chez les ouvriers de M. de Montreux. Ils avaient habilement plaidé la cause du travail contre le capital ; la police commençait de s'inquiéter ; et enfin, quand mon homme est arrivé à Saint-Étienne, la grève a été déclarée au premier signal. Alors, il s'est passé une chose inouïe : tous ces individus qui paraissaient si montés ont commencé à se défier des agitateurs. M. de Montreux a eu l'adresse de prier la police de ne se mêler de rien ; et les ouvriers, dédaignant toutes les tirades révolutionnaires qui réussissaient jadis admirablement, ont discuté leurs intérêts tranquillement, avec bon sens ; ils ont écouté leurs contremaîtres qui leur prouvaient leur sottise ; et la réunion où cela se passait est devenue promptement honteuse contre les agitateurs... Et ils ont été bien heureux de. pouvoir filer sans encombre. J'estime donc que mes gaillards ont bien fait de quitter Saint-Étienne, sans attendre des explications dangereuses. Je vous assure, mon cher baron, que vous agirez sagement à l'avenir en montrant un peu plus de prudence.

— Moins de violence et plus de ruse, dit Max.

— C'est bien cela, affirma Mondoze.

Devant tant de bonnes raisons, le baron n'avait qu'à s'incliner, et il le fit de bonne grâce.

Dès le lendemain, il réalisait quelques capitaux pour être prêt à venir en aide au comte de Montreux, aussitôt que celui-ci le lui demanderait. Et quelques jours s'écoulèrent, pleins d'anxiété pour le père et le fils. Max surtout montrait une impatience folle ; il décachetait les courriers avant son père, et chaque jour, après un premier instant de dépit, disait :

— Ce sera pour demain.

Le baron avait vainement essayé de se renseigner sur ce que M. de Montreux avait fait pendant son court séjour à Paris. Il n'avait plus son moyen habituel d'information : la vicomtesse, qui savait si bien tirer les vers du nez à M. Herbelin, était encore à Houlgate et n'annonçait son retour que pour le commencement de septembre. Kreizer prit le parti de s'adresser directement à M. Herbelin : il alla le voir à son usine et, au milieu d'une conversation banale, lui demanda s'il avait des nouvelles du comte de Montreux.

— Mais pas du tout ! s'écria Herbelin, d'un ton de mauvaise humeur ; j'ai même appris, par une lettre de Mlle de Montreux à ma fille, qu'il était venu dernièrement à Paris... Et il ne s'est pas donné la peine de passer chez moi ; il paraît qu'il est absorbé par des travaux considérables : ce nouvel ingénieur, dont je lui ai fait cadeau, accomplit, m'assure-t-on, des merveilles.

— Après le service que M. Clifford lui a rendu à Houlgate, dit le baron, je ne suis pas étonné que M. de Montreux ait tenu à le garder avec lui, d'autant plus qu'il est doué d'une intelligence remarquable...

— Ah ! il lui a rendu bien d'autres services, mon cher : c'est lui qui a réduit cette grève, qui menaçait de le ruiner.

Le baron eut un long tressaillement.

— Vous dites que c'est lui ?...

— Je tiens l'histoire de Jérôme Labadié : et la chose est d'autant plus étonnante que les ouvriers étaient décidés à ne pas l'accepter : ils regrettaient un nommé Sandrac... Vous savez bien... celui de Neuilly...

— Oui. Après?

— Eh bien! Harry Clifford les a affrontés carrément, et il les a retournés en une heure.

A la suite de cette conversation, le baron Kreizer devint tout aussi anxieux que son fils : il commençait à ne plus voir clair dans les affaires de son ennemi.

La lettre tant désirée arriva enfin.

« Mon cher baron,

« Vous avez eu la gracieuse pensée de me dire, il y a quelques jours, que vous étiez disposé à me servir de banquier, si besoin était. Je vous écris donc, avec la plus entière liberté, pour vous demander dans quelles conditions il vous serait possible de m'avancer une somme de cent mille francs, qui vous serait remboursée dans une année environ. Au cas où vous auriez changé d'avis, considérez cette lettre comme nulle et non avenue ; je ne vous en serai pas moins reconnaissant des sentiments d'amitié que vous m'avez manifestés.

« Veuillez, mon cher baron, agréer, pour vous et pour votre fils, l'assurance de ma parfaite cordialité.

« Comte de Montreux. »

— L'insolent! s'écria Kreizer. C'est bien là le gentilhomme français, qui a l'air de vous honorer en vous demandant service!

— Qu'importe? lui répondit son fils. Maintenant, je vous affirme bien que je tiens la victoire : Mlle de Montreux est à moi!

— Dieu t'entende! dit le baron, que l'approche de la vengeance tant attendue faisait frissonner.

— Ah! mon père, Dieu n'a rien à voir à nos affaires, mais bien plutôt le démon!

Si le comte avait tardé à s'adresser au baron Kreizer, ce

n'est pas que les besoins d'argent fussent devenus moins
pressants à l'usine de Saint-Étienne; mais M. de Montreux
éprouvait une véritable répugnance à mêler un étranger à
ses affaires. Avec une habileté et une souplesse dont il ne se

Le valet de pied vint annoncer
que M. de Mondoze... (P. 57.)

serait pas cru capable, il avait fait
alors des tentatives de divers côtés :
on aurait bien consenti à lui donner des avances, mais à la *condition*
qu'il permît de prendre des hypo-
thèques sur son usine et surtout
à la condition qu'il autorisât ses
prêteurs à mettre le nez dans ses
travaux ; et cela, il ne pouvait y
consentir, puisqu'il avait engagé sa
parole au *ministre de garder le secret sur la belle commande qu'il*
avait reçue. Car tout s'était parfaitement passé de ce côté. Grâce
à la prodigieuse activité déployée
par Harry Clifford, il avait eu bientôt
un nombre suffisant de machines
pour livrer plusieurs centaines de
canons de fusils par jour.

Harry ne paraissait pour ainsi
dire plus dans la villa de M. de Montreux. Levé avant qui que ce soit,
il ne sortait pas des ateliers pendant
la journée ; et, la nuit, on voyait
longtemps briller sa lampe à la
fenêtre de son cabinet. Le comte
lui avait affectueusement reproché
de trop travailler.

— Je me reposerai plus tard, avait-il répondu simplement.

Il s'effaçait d'ailleurs de plus en plus, et ses relations avec
son patron et avec Mlle de Montreux perdaient peu à peu le
caractère d'intimité qu'elles avaient eu tout d'abord. Il comprenait fort bien l'espèce de jalousie, même l'irritation, que le
comte avait éprouvées contre lui ; et il cherchait à se faire
oublier, pour que rien ne troublât le calme délicieux de sa
vie. Il savait se priver des moments exquis qu'il aurait pu

passer auprès d'Hélène; il se contentait de vivre dans son
atmosphère, de la saluer bien affectueusement lorsqu'il la
rencontrait; et le sourire qu'elle lui adressait alors suffisait à
le rendre pleinement heureux.

Il se fit encore plus humble, plus modeste, lorsqu'un des
membres du comité
d'artillerie vint inspec-
ter secrètement l'ins-
tallation de ses ma-
chines, inspection qui
fut si satisfaisante que
le ministre n'hésita pas
à confirmer au comte
de Montreux sa com-
mande de cent mille
fusils. Mais à partir de
ce moment, il fallait
des capitaux impor-
tants; et, ne les trou-
vant nulle part dans
des conditions satisfai-
santes, le comte tom-
bait dans le piège que
lui avait tendu le baron
Kreizer. Son amour-
propre y trouvait pleine
satisfaction : le baron
ne se mêlerait en rien
de ses affaires, il n'au-
rait donc à avouer à per-
sonne la pénible crise
qu'il traversait.

Max déposait une liasse de billets de banque...
(Page 62.)

Quoiqu'il s'attendît
à une réponse favorable de Kreizer, il ne pensait pas qu'elle
fût aussi prompte; et il eut une vraie surprise quand on lui
annonça, le lendemain, au moment où il s'installait à son
bureau, la visite de Max Kreizer.

Grâce aux conseils de son père et aux leçons d'Henri de
Mondoze et de la vicomtesse de Granson, Max avait à peu
près perdu cette raideur qui le rendait si désagréable à son
arrivée en France : il s'était assez modifié pour ressembler

maintenant à un Viennois, et l'on sait que les Viennois sont gens aimables, gais, empressés, les Parisiens de la race allemande. Max s'avança très gentiment, la main tendue, vers le comte.

— Excusez mon père : une affaire importante le retient à Paris pour quelques jours, et il m'a chargé de le remplacer auprès de vous.

Le comte, enchanté, accueillit très aimablement le jeune homme.

— Votre père a reçu ma lettre ?...

— Hier, par le courrier du matin ; il s'est occupé de réaliser immédiatement les cent mille francs que vous lui avez fait l'honneur de lui demander, et les voici...

Max déposait une liasse de billets de banque sur le bureau du comte.

— Comment ! fit celui-ci, vous voyagez la nuit avec pareille somme sur vous ?

— Oh ! répliqua Max en souriant, je sais la cruelle mésaventure qui vous est arrivée : mon père m'a prévenu, et je n'ai pas fermé l'œil un instant.

— Votre père vous a-t-il chargé des négociations relatives à cet emprunt ?

— Non, monsieur, mais il arrivera ici dans deux ou trois jours ; seulement il n'a voulu mettre aucun retard à l'envoi de cette somme.

— Vous attendrez donc votre père à Saint-Étienne ?

— Oui, monsieur, je suis descendu à l'hôtel de France.

— Bien, dit le comte, très affable, je vais faire prendre vos bagages... Oh ! pas d'objection, je vous prie... J'entends vous offrir l'hospitalité...

VIII

LES CAPRICES DE SUZANNE

Mme Herbelin n'avait passé que peu de temps aux bains de mer.

Suzanne, qui habituellement se montrait fanatique de cette bonne vie au plein air, des promenades sur le sable,

des parties de pêche à la crevette, des baignades aventureuses,
ne trouvait plus de goût à rien cette année-là. En vain sa
mère essayait-elle de multiplier les distractions, les plaisirs,
des excursions à cheval, de petites soirées où elle réunis-
sait toutes les jolies baigneuses de Lion-sur-Mer, des séances
d'hypnotisme où le fameux Pickmann faisait ses plus beaux
tours...

Rien ne l'amusait plus.

C'est que Suzanne avait le cœur gros, très gros; et elle
nourrissait une solide rancune contre M. de Montreux.

Quelle idée de s'arrêter à Houlgate, quand il lui était si
facile de pousser jusqu'à Lion !

Sa mère avait essayé de lui expliquer que M. de Montreux
obéissait à des intérêts supérieurs. .

— Eh! qu'il reste à Houlgate tant qu'il voudra, maman ;
mais qu'il nous envoie Hélène !

— Qu'elle vienne, et nous la recevrons de grand cœur.

C'est tout ce que pouvait faire Mme Herbelin; malgré son
indulgence, il lui était impossible d'adresser une nouvelle
prière au comte de Montreux.

— S'il ne veut plus nous confier sa fille, tant pis pour lui !

Elle se révoltait à la fin contre le caractère jaloux du
comte; si elle faisait bon marché de son amour-propre, il
n'en était pas de même de son cœur : M. de Montreux l'avait
blessée par toutes ses suspicions.

Et Suzanne s'ennuyait de plus en plus à Lion-sur-Mer.

Elle s'était montrée si heureuse pourtant de partir! Elle
s'imaginait alors qu'elle aurait bientôt Hélène pour compagne ;
et, tout secrètement, dans les replis de son petit cœur, elle
choyait l'espoir que la présence du comte à Lion-sur-Mer y
attirerait les deux amis inséparables qui commençaient à
prendre une si grande place dans sa vie.

Quelle bonne saison ils passeraient, tous réunis, dans
cette gracieuse liberté qu'autorise la mer et qui, d'ailleurs,
y semble si naturelle ! Elle formait des projets charmants.
Aussi, quel crève-cœur lorsque, par une lettre d'Hélène,
elle apprit l'installation de Jérôme et de Harry à Houlgate !

— Mais enfin, maman, puisqu'ils sont libres, eux,
n'auraient-ils pu venir à Lion?... Ils nous doivent bien une
visi'e !

— Ils nous la feront sans doute, mon enfant, répliqua

Mme Herbelin avec une imperceptible nuance d'ironie; mais ils étaient peut-être attirés à Houlgate par quelque chose qui leur manquerait ici...

Suzanne eut un léger mouvement de colère.

— Tant pis pour eux, après tout! Je ne sais vraiment pas pourquoi je m'occupe d'eux.

Mais le lendemain elle disait, avec une pointe de jalousie :

— Hélène a de la chance, elle! Elle nous garde nos amis... Elle pourrait bien nous en expédier un?

— Lequel? interrogea Mme Herbelin, franchement moqueuse cette fois.

— Mais n'importe lequel! fit Hélène en rougissant; pourvu que j'aie quelqu'un pour me distraire!

— Tu es gentille pour moi!

— Vous n'avez pas envie, je pense, maman, de venir jouer au lawn-tennis ou de pêcher la crevette?...

— Pas du tout, dit Mme Herbelin, riant aux éclats; mais n'y a-t-il donc que ces deux jeunes gens au monde? Tu es entourée, chaque jour, d'une demi-douzaine de jeunes hommes fort gentils, qui te font très consciencieusement la cour...

— Oh! maman! s'écria Suzanne toute dédaigneuse, la cour!... Mais ça ne se dit plus...

— Ah! oui, j'oubliais que ça s'appelle *flirter*, maintenant. Eh bien! tu les rebutes tous, ces pauvres jeunes gens!

— C'est qu'ils m'ennuient tous, maman!

— Mais, qu'est-ce que M. Labadié et M. Clifford, que nous ne connaissions pas il y a six mois, ont donc de si spécial pour t'intéresser à ce point?

— C'est qu'*ils* sont vos amis d'abord, répliqua Suzanne d'un ton pincé. Et puis, quand il s'agit d'eux, que ce soit vous qui parliez, ou papa, ou M. de Montreux, on n'entend qu'un concert d'éloges : M. Labadié est bon, M. Clifford est supérieur; M. Labadié est charmant, très bien élevé, M. Clifford dépasse tout ce qu'on peut rêver... Il me semble que je ne mérite pas que vous vous moquiez de moi... parce que je suis du même avis que vous!

Mme Herbelin écoutait sa fille en souriant; elle en savait plus long sur les petits secrets de Suzanne que ne l'avouait la jeune fille, plus même peut-être que la jeune fille ne se l'avouait à elle-même. Et elle attendait tranquillement l'avenir, l'ayant déjà réglé avec sagesse et s'amusant des petites

colères de sa fille. Elle se revoyait à cet âge, si simple, si
aimante, espérant trouver le bonheur le plus absolu dans le
mariage. Et elle se disait souvent :

— Pauvre petite, je tâcherai qu'elle soit mieux lotie que
moi !

Elle pouvait, même dans cette retraite de Lion-sur-Mer,
se livrer à d'amères réflexions sur la légèreté des hommes.

Les *années précédentes*, M. Herbelin lui faisait l'amitié de
ne jamais la quitter, lorsqu'il venait passer quelques jours
avec elle ; il lui donnait régulièrement la moitié de la semaine,
puis rentrait à Paris pour ses affaires. Sa galanterie inter-
mittente avait, d'ailleurs, pour motif principal, le bon effet
qu'il ressentait de la mer : il s'y retrempait, y regagnait de
nouvelles forces pour sa vie de jeune homme.

Cette année-là, il avait oublié ses bonnes habitudes. Sous
prétexte d'aller causer avec M. de Montreux, il se rendait
régulièrement à Houlgate. Il avait bien proposé à sa femme
et à sa fille de les emmener avec lui, mais sans insister beaucoup ; et sa femme avait facilement compris qu'il était encore
attiré hors de chez lui par quelque amourette, d'autant plus
que, pendant ses petites excursions à Houlgate, il rencontrait
toujours le général, c'est-à-dire son compagnon de folies. C'était
déjà un motif suffisant pour que Mme Herbelin refusât de
l'accompagner ; mais, en outre, elle ne voulait pas paraître
à Houlgate, tant que le comte de Montreux ne serait pas venu
à Lion-sur-Mer.

— C'est à nous à attendre sa visite, déclara-t-elle nettement à son mari : ni ma fille ni moi n'irons voir Hélène, avant
que son père ait eu la politesse de nous l'amener !

— Comme vous voudrez, ma chère, répliqua Herbelin.

Elle le connaissait trop bien pour ne pas voir à quel point
cette solution lui convenait. Elle n'en montra, à ce moment,
aucun mécontentement : une amourette de plus ou de moins,
que lui importait ? Mais les choses changèrent de face, à la
suite de la tentative d'enlèvement dont Mlle de Montreux
faillit être victime.

Ce jour-là, M. Herbelin était à Paris ; mais, le samedi suivant, il arrivait, tout bouleversé par l'aventure de Mlle de
Montreux.

— Avouez, lui dit sa femme, que votre ami aurait mieux
fait de nous donner sa fille que de la conduire dans la

société plus ou moins bizarre de cette vicomtesse de
Granson!...

Elle avait à peine prononcé ce nom que M. Herbelin perdait contenance.

Quand il s'agissait de son mari, Mme Herbelin avait une
étonnante puissance de divination : « Bien, se dit-elle : c'est
ou la vicomtesse elle-même ou quelque femme de son entou-
rage... Ça devient plus grave. » Elle évita de prolonger
l'embarras de son mari et parla d'autre chose; mais, le lendemain, du ton le plus indifférent, elle lui dit :

— Vous n'aurez plus besoin d'aller à Houlgate, puisque
votre ami de Montreux en est parti?

Pauvre Herbelin ! Il n'osa pas répliquer; et, durant toute
la semaine qu'il passa entre sa femme et sa fille, il fut bien
malheureux : il chercha bien quelque prétexte plausible pour
quitter Lion-sur-Mer; il n'en trouva pas.

— Diable! se disait-il : elle se méfie... Soyons prudent!

Mais quand il songeait qu'Ida était si près de lui, qu'il
aurait pu la voir en toute liberté et qu'il demeurait rivé à
sa chaîne conjugale, il maudissait sa faiblesse. Il avait des
distractions toute la journée; plusieurs fois, il appela sa
fille « ma belle amie ». Et, à l'heure du bain, il devenait un
peu fou; il se souvenait d'une après-midi passée à Houlgate,
à attendre, sous les tentes, le moment de se baigner : Ida,
déjà prête, enroulée dans son peignoir, les cheveux coquettement enserrés en un foulard écossais; et lui, prêt aussi à se
baigner, admis sous la même tente, et lui faisant une cour
acharnée — rien du flirt moderne; — puis, le bain, où, dans
son maillot rose, il s'imaginait voir son ancienne maîtresse
nue!... Ah! comme elle savait se jouer de lui, l'attirer jusqu'à
la limite suprême, et là, lui refuser net ce qu'il implorait d'une
voix brûlante !

— Amis, oui, disait-elle avec son sourire fripon; amants,
jamais! Je n'en veux plus !

Et cela était une douce consolation au pauvre Herbelin,
quand elle lui jurait que pas un, pas un, n'obtenait d'elle au
delà d'un sourire.

Mme Herbelin, ayant découvert à demi ce qu'elle voulait,
annonça son retour à Paris. Son mari ne cacha pas sa joie.
Paris, c'était la liberté, les prétextes facilement trouvés, le
cercle, l'usine; et la vicomtesse lui écrivait qu'elle-même

en avait assez de Houlgate et qu'elle serait bientôt visible en
son hôtel de la rue Clément-Marot.

A Paris, Herbelin retrouva, en effet, toute sa liberté, ne
se doutant pas que, pour la première fois de sa vie, sa femme
l'espionnait sérieusement.

Mme Herbelin avait supporté, sans trop se plaindre,
les liaisons avec les petites actrices, les demoiselles quelcon-
ques, liaisons aussi vite oubliées qu'elles se nouaient facilement; mais une liaison semblable, avec une femme évidemment riche, quelque grande aventurière sans doute, mêlée
peut-être aux intrigues dirigées contre M. de Montreux, lui
semblait trop dangereuse, la blessait trop profondément; et
elle était résolue à l'enrayer. Elle ne montra d'abord aucune
colère; elle attendait patiemment que son mari eût commis
quelque grosse sottise, qu'elle pût surprendre un indice
flagrant. Elle aurait pu fouiller dans sa correspondance; cela
lui répugnait. Elle se contenta de le molester par de conti-
nuelles plaisanteries, l'envoya demander à son cercle à l'heure
où elle supposait qu'il se trouvait chez Ida. Puis, elle fut
prise d'un amour subit pour le théâtre; et, deux ou trois fois
par semaine, elle disait à Herbelin :

— Je retiens votre soirée ; menez-nous à l'Opéra... ou à
la Comédie...

Il obéissait en rechignant, mais il obéissait. Plusieurs
fois, elle l'empêcha de sortir le soir; et, s'il faisait des difficultés, Suzanne, qui, sans la moindre explication, avait
deviné le jeu de sa mère, lui disait :

— Mais enfin, papa, qu'a donc votre cercle de si séduisant, pour que vous le préfériez à votre fille ?

Il cédait plus facilement à sa fille qu'à sa femme; mais il
cherchait à lui prouver que le cercle était indispensable à un
industriel, il prononçait le grand mot :

— Les affaires !... les affaires !...

— Ça se traite le jour et non la nuit, mon petit papa, les
affaires !

— Tu es une gamine, tu n'entends rien à ces choses-là !

— Si jamais je me marie, j'aurai soin de mettre dans
mon contrat que mon mari n'aura l'autorisation d'aller au
cercle qu'en mon absence... Heureusement, ajoutait-elle
aussitôt, je ne me marierai jamais !

De guerre lasse, M. Herbelin restait chez lui et, pour le

récompenser, sa fille lui jouait les opérettes d'Offenbach;
elle avait tenté un jour d'un peu de musique classique,
mais M. Herbelin s'était endormi, avait mal digéré et, le
lendemain, n'avait même pas dîné chez lui.

Un soir où il était plus particulièrement nerveux que de
coutume et où il avait annoncé, à table, que ses affaires le
forçaient absolument à passer à son cercle, Suzanne s'était
mis dans la tête qu'il ne sortirait pas. Jamais elle n'avait
déployé tant de gentillesses pour retenir son père : elle lui
avait servi elle-même son café, son petit verre de bénédic-
tine, et elle lui mettait ses cigarettes dans son bout d'ambre,
lui présentait les allumettes enflammées.

Herbelin adorait sa fille et en était fier. Son esprit per-
vers, corrompu, établissait des comparaisons entre tant de
jolis minois qu'il avait aimés et celui de sa Suzette, et
aucun, aucun, ne lui semblait aussi charmant, aussi frais.
D'ailleurs, n'y a-t-il pas toujours une nuance de galanterie
dans l'amour d'un père pour sa fille? Et Mme Herbelin était
surprise de la puissance de plus en plus grande que sa fille
prenait sur l'industriel. Ce soir-là, il paraissait oublier qu'il
avait un besoin absolu d'aller à son cercle. Suzanne ne le
quittait pas, l'amusait par son babillage, par ses chatteries.
Cependant, vers neuf heures et demie, il se leva en disant :

— Tu es bien mignonne, ma chérie; cependant...

— Oh! père, attendez encore un peu. J'ai appris quelque
chose pour vous...

Elle n'avait rien appris du tout; mais elle avait remarqué,
la veille, à une représentation de *Carmen*, que son père était
séduit par la danse de la Bohémienne.

— C'est pour vous réconcilier avec la musique sérieuse.

Et la voilà, décrochant des castagnettes rapportées d'un
cotillon, qui se met à danser, avec un entrain irrésistible,
le pas de Carmen! Le pauvre Herbelin était sous le charme,
et, en même temps, il enrageait. La main dans la poche de
son veston, il froissait une petite carte parcheminée, où
étaient écrits ces simples mots :

« Je vous attends ce soir; je serai à peu près seule.

« IDA. »

Et Herbelin ne savait plus comment partir; Suzanne, dan-
sant toujours, lui barrait la porte du boudoir où ils passaient

la soirée. Au moment où il allait peut-être s'impatienter,
écarter brusquement sa fille, on sonna. Suzanne reprit
aussitôt son allure de jeune personne sévèrement élevée;
et, quand on introduisit le visiteur, dont elle avait parfaite-
tement reconnu le coup de sonnette, elle était auprès de sa
mère, les yeux baissés sur sa tapisserie.

— Tiens, Labadié! fit Herbelin, en tendant la main au
jeune homme.

Il fut obligé de se rasseoir; il ne pouvait pas décemment
s'en aller au moment où arrivait une visite.

— Quelle bonne idée de venir nous surprendre! disait
Mᵐᵉ Herbelin à Jérôme.

Il venait ainsi, aussi souvent que la discrétion le lui permettait; et la discrétion lui donnait des permissions de plus
en plus rapprochées, ce dont personne ne se plaignait, pas
même Mˡˡᵉ Suzanne Herbelin.

L'industriel s'était très bien habitué à lui; mais, ce soir-là,
il le reçut d'une façon un peu bourrue.

« Cet animal, se dit-il, va m'empêcher de sortir. »

Comme s'il avait deviné, Jérôme faisait le jeu de Suzanne
et de sa mère : il commençait une conversation pimpante,
animée, sur la rentrée des théâtres qui se préparait;
Suzanne l'accablait de questions, il y répondait aussitôt, et
Herbelin ne trouvait pas le joint pour s'en aller. Plusieurs
fois, il s'était levé; mais sa femme, d'un regard sévère, le
clouait sur son siège. Il n'avait jamais été audacieux que
par la faiblesse de sa femme; il suffisait à Mᵐᵉ Herbelin
de montrer un peu d'énergie pour qu'il redevînt petit
garçon, craintif. Dix heures avaient sonné, et il était
encore là.

— Père, vous ne me refuserez pas un peu de thé; je vais
le confectionner moi-même.

Il n'osa pas résister; il renonça à aller chez Ida ce soir-là.
Mais, tandis que Suzanne rangeait sa table à thé, il prit
Jérôme; et, l'entraînant à part :

— Labadié, rendez-moi donc un petit service...

— Vous savez que je suis toujours à votre disposition.

— La vicomtesse m'attendait ce soir; vous voyez vous-
même que je ne pouvais quitter ma fille... Cette pauvre
femme va être désolée... Avant de rentrer chez vous, voulez-
vous passer chez elle et lui présenter mes excuses?

— Entendu, monsieur Herbelin, répondit Jérôme avec
un clignement d'yeux.

— Pas d'indiscrétion, hein! fit l'industriel, jetant un
regard vers sa femme.

Déjà, Suzanne appelait Jérôme.

— Venez me tenir le sucrier.

Et c'est ainsi que M. Herbelin passa très honnêtement en
famille cette soirée... pour laquelle il avait fait les rêves les
plus légers.

Jérôme avait à peine avalé sa tasse de thé et mangé
quelques biscuits que l'industriel lui faisait signe de partir.

Avant onze heures, M. Herbelin regagnait bourgeoisement
sa chambre, satisfait et mécontent, satisfait du bonsoir plein
de gentillesse que lui avait donné sa fille, mais très mécontent de lui avoir sacrifié sa soirée. Et il prenait la résolution
de ne plus dîner chez lui quand il voudrait sa soirée libre, lors·
qu'il entendit deux petits coups frappés à la porte de sa chambre.

— Vous n'êtes pas encore couché, mon ami?

— Non, ma chère... Entrez donc!... Qu'y a-t-il?

Et il alla au-devant de sa femme, lui présentant un visage
renfrogné : il était vexé de plier devant elle.

— Vous avez donc quelque chose à me dire?

— D'abord quelque chose à vous remettre et ensuite...
bien des choses à vous dire.

Mme Herbelin avait un visage dédaigneux, le visage qui
faisait prévoir à son mari un moment désagréable à passer.

— Allons, quoi? Qu'y a-t-il encore? fit-il d'un ton résigné.

— Il y a, mon ami, que vous ne devriez pas oublier que
votre fille vit auprès de vous et que vous devriez garder
votre correspondance amoureuse un peu plus soigneuse-
ment... Tenez! Voici ce que je viens de trouver sur le canapé
où vous vous êtes trémoussé toute la soirée...

Et, en prononçant ces mots, elle lui tendait la carte d'Isla.

IX

PETIT RUBAN

La première pensée de M. Herbelin fut de nier.

— Moi?... moi, j'ai laissé tomber une carte sur le

canapé?... Mais Labadié, lui aussi, s'est assis sur le
canapé!...

— M. Labadié n'est pas, je pense, en correspondance avec
cette Mlle Ida?...

— Ida! balbutia Herbelin perdant toute contenance.

— Oui, Ida! Vicomtesse Ida de Granson... La dame
d'Houlgate, la dame de la rue Clément-Marot!... Je n'ai
jamais vu cette estimable personne; mais je suis rensei-
gnée sur les soins que vous lui rendez... Ah! n'essayez plus
de nier!

— Ma chère, la jalousie vous aveugle...

— La jalousie!

Mme Herbelin éclata franchement de rire.

— Non, mon ami, vous ne pouvez vraiment pas supposer
que je vienne vous faire une scène de jalousie .. La jalousie suppose l'existence de l'amour, et l'amour entre nous!..
Il y en a bien peut-être eu un peu, très peu, jadis... C'était
si léger que ça s'est envolé... Mais j'aime à croire qu'il
existe entre nous assez d'amitié pour que nous puissions causer
sans fâcherie de nos petites affaires.

Herbelin, très attrapé, s'était assis, tout pelotonné sur
son petit divan, se demandant où diable sa femme voulait
en venir. Elle s'assit auprès de lui; et, d'un ton aussi bien-
veillant que protecteur :

— Allons, reprenez ceci, et ne laissez plus traîner de
pareilles correspondances... Si cela tombait sous les yeux
de votre fille?... Si Suzette allait vous demander : « Petit père,
qu'est-ce que c'est que Mlle Ida? »

— Mais, dit Herbelin; se redressant un peu, c'est une
femme charmante... fort honorable...

— Pourquoi ne me l'avez-vous pas présentée?

Présenter Ida à sa femme! Et Herbelin sembla si bouleversé par cette pensée que Mme Herbelin eut pitié de lui.

— Ne craignez pas, mon ami, que je vous pousse dans
une si cruelle impasse. Je ne connais pas, pas plus que je
ne veux connaître, cette jolie fille, pas plus que je n'ai
jamais tenu à connaître une de vos mille et trois... C'est
bien assez que vous ayez eu la sottise de mettre nos amis
de Montreux en relation avec elle...

— Mais, ma chère, dit Herbelin se raccrochant à cette
branche, c'est le général qui a présenté son frère à la vicom-

tesse ; et elle a rendu les plus grands services à M. de Montreux... Elle est très puissante !

— Puissante, cette aventurière ! allons donc ! Peu importe,

Suzanne qui habituellement se montrait fanatique... (Page 62.)

d'ailleurs, sa puissance ; vous, vous n'avez nullement besoin
d'elle. Je vous prie donc de ne plus paraître dans la maison
de cette... créature.

— Vous vous imaginez que ?... Mais je vous jure, ma chère
Louise, qu'il n'existe rien de suspect entre cette femme et
moi, rien, rien...

— Si cela est, interrompit ironiquement Mme Herbelin, je crois qu'il ne doit y avoir nullement de votre faute...

— Pardon, ma chère! Je vous ai laissée bavarder à votre aise: laissez-moi m'expliquer à mon tour...

Il croyait avoir trouvé une merveilleuse excuse : et il poursuivit bravement :

— Il n'existe rien de suspect entre cette personne et moi. Que ce soit une aventurière, la chose est possible; mais, ce qui est certain, c'est que ses relations sont puissantes, qu'elle a des amis dans les régions les plus gouvernementales, et que, grâce à elle... vous m'entendez bien, grâce à elle, je serai décoré avant longtemps! Voilà tout le secret de mes relations avec la vicomtesse de Granson.

En France, toutes les portes s'ouvrent devant une honnête femme. (Page 76.)

— Vraiment? fit Mme Herbelin.

— Eh! oui, ma chère. Vous ne m'avez pas laissé le plaisir de vous en faire la surprise. Ma demande est remise depuis quelques mois, et chaudement appuyée...

— Par la vicomtesse de Granson?

— Par ses amis.

— Ainsi, maintenant, c'est grâce à de pareilles créatures qu'un homme, un honnête homme, peut obtenir une distinction qui signifie honneur et loyauté?... Enfin, cela vous regarde, mon ami... Bonne nuit! Je vais rêver que vous avez le petit ruban.

Elle était partie depuis cinq minutes qu'Herbelin se demandait encore si cette scène, qui l'avait épouvanté tout d'abord, s'était si bien terminée.

— Ça a pris, le petit ruban... Mais quelle situation! Si ma femme allait apprendre la vérité sur Ida! J'ai été bien imprudent dans toute cette affaire, imprudent de revenir chez Ida, imprudent de laisser Montreux entrer en relations avec elle... Il suffirait d'une indiscrétion pour me fourrer dans un joli pétrin... Et avec cela, le mari qui sortira de prison avant la fin de l'année! Brrr!

Quand il se coucha, il était sur le chemin des bonnes résolutions.

— Ma femme a raison, encore plus raison qu'elle ne se le figure : je m'expose à une foule de dangers, et je n'ai pas eu, jusqu'ici, la moindre compensation...

Mais l'idée de cette compensation tant désirée eut bien vite emporté ses velléités de sagesse; et, le lendemain... ce fut sans le moindre remords qu'il alla faire sa petite visite à la vicomtesse.

Ida se moqua de lui, l'appela « bon père de famille », prétendit que, la veille, elle était dans les meilleures dispositions d'esprit pour lui, tandis qu'aujourd'hui elle ne lui permettrait pas le plus petit acte d'adoration; et, tout en disant cela, elle lui abandonnait ses mains qu'il baisait fiévreusement. Et, peu à peu, elle le mettait sur le chapitre des Montreux.

— Avez-vous des nouvelles de nos amis de Saint-Étienne?

— Indirectement, par une lettre de Mlle de Montreux à ma fille.

Et, avec sa sottise habituelle, il raconta ce que renfermait cette lettre. C'était bien la confirmation de la lettre que le jeune Max avait écrite à son père pour lui raconter ses débuts à Saint-Étienne. Quand la vicomtesse eut tiré d'Herbelin tous les renseignements qu'il pouvait lui donner, elle abrégea la visite.

— Retournez donc chez vous, lui dit-elle d'un ton moqueur, on vous demandera peut-être de justifier l'emploi de votre temps...

— Mais, ce soir, belle amie?...

— Ce soir, digérez donc sagement en famille. .

Il se leva, tout dépité.

— A propos, fit-il, vous ne me donnez pas de nouvelles de ma décoration?

Ida eut un sourire dédaigneux.

— C'est que je ne voulais vous en entretenir, mon ami, que lorsque je toucherais au but, c'est-à-dire vers la fin de l'année. Tant pis pour vous ! Vous me faites penser aux petites sommes que j'ai dû débourser pour les intermédiaires... Vous ne vous figurez pas à quel point il faut graisser la patte à tous ces gens-là...

— Mais, ma chère amie, je vais vous envoyer immédiatement un chèque... Combien ?

— Une dizaine de mille francs environ...

— Et... ça marche ?

— Admirablement. Votre demande est apostillée par les personnages les plus importants et qui ont déjà fait valoir les services que vous avez rendus en construisant des canons pendant le siège... Ne vous inquiétez plus, mon cher Herbelin : au 1er janvier, votre boutonnière...

Il regarda complaisamment sa boutonnière, et l'espoir du petit ruban le consola des moqueries de la vicomtesse.

Il dîna chez lui, passa sagement sa soirée en famille, avala sans sourciller une romance de Mendelssohn; et il remonta dans sa chambre, bien persuadé qu'il avait dissipé les soupçons de Mme Herbelin.

Mais, au moment où il enlevait sa redingote, il entendit frapper comme la veille. Et Mme Herbelin pénétra dans sa chambre, l'allure terriblement dédaigneuse.

— Je n'ai que quelques mots à vous dire, mon ami; seulement, veuillez les bien méditer. — Vous m'avez menti, hier, en me donnant cette excuse de ruban rouge...

— Pas du tout, madame ! Ma demande a été remise, apostillée...

— Remise, c'est possible ! Votre cocher peut demander la Légion d'honneur; il n'a qu'à confier sa requête à la poste, qui la remettra très exactement à qui de droit... Apostillée, c'est autre chose ! J'ai vu, aujourd'hui, deux ministres et le chancelier lui-même...

— Vous !...

— Oui ! Je vous avoue qu'il m'était pénible de songer que vous devriez votre ruban aux démarches d'une aventurière, et j'ai trouvé plus honorable que ces démarches fussent accomplies par moi...

— Vous connaissez donc?...

— En France, mon cher, toutes les portes s'ouvrent devant une honnête femme. Votre ami le général m'a menée chez le ministre de la Guerre; et celui-ci, avec une bonne grâce exquise, m'a présentée à son collègue des Travaux publics. Vous pouvez avoir des titres sérieux à la croix, mais à la condition de les faire valoir vous-même, honnêtement, franchement... Quant à cette vicomtesse, s'il est vrai qu'elle vous ait promis de s'occuper de vous, elle vous a joué avec une parfaite désinvolture. Qu'elle ait de hautes influences à sa disposition, la chose est malheureusement probable; mais ces influences, elle s'en sert pour d'autres que pour vous : votre demande n'a été apostillée par personne, personne, entendez-vous! La vicomtesse de Granson vous vole votre argent, voilà ce dont je tenais à vous prévenir; car, puisque vous prétendez ne pas lui faire la cour, je suppose que vous lui payez ses soi-disant services... Bonne nuit, mon cher!

Bonne nuit?... Le pauvre Herbelin ne dormit pas deux heures. Et, le lendemain, il était si honteux qu'il quitta la villa du Ranelagh, sans avoir salué ni sa femme ni sa fille. Il arriva à l'usine une heure avant son heure habituelle; bouscula tout son monde, ses employés, ses contremaîtres. Jamais on ne l'avait vu ainsi. Il ne pouvait tenir en place, il ne s'assit pas dix minutes à sa table; il regardait sans cesse l'heure...

Au milieu de la matinée, il reçut la visite du général.

— Tu en fais de belles! lui cria-t-il sans lui tendre la main.

— C'est comme cela que tu me remercies du service que je t'ai rendu? répliqua le marquis de Montreux.

— Il est joli, le service!

— Ta femme vient me prendre, me force à la conduire chez le ministre... Elle n'avait pas l'air commode, ta femme...

— Je le sais bien !

— Et je tremblais qu'elle ne devinât le véritable nom de la vicomtesse; je l'ai menée partout où elle a voulu; je l'ai amusée avec cette histoire de décoration et me suis attaché à lui prouver que la vicomtesse était bien réellement vicomtesse, qu'elle avait les plus puissantes relations... Et tout cela, elle l'a crû. Seulement, il faut que je te prévienne qu'Ida n'est pas aimable pour toi...

Herbelin écoutait en tremblant.

— Oui, poursuivait le général : elle pouvait certainement faire classer ta demande, te donner un solide coup de main, et j'ai pu m'assurer, hier, qu'elle n'avait rien, rien fait...

— Allons donc ! s'écria Herbelin, abominablement vexé. Je ne sais ce que vous avez tous contre Ida...

— Tant pis pour toi, si tu ne veux pas qu'on te parle franchement...

— Si c'est pour dire des sottises !

— Bon ! Je vois que je t'agace, je m'en vais ; mais cela m'a agacé aussi de voir qu'on se moquait de toi !

Et le général se retira. Herbelin se promena encore comme un enragé dans son usine. Vers onze heures, il téléphona chez lui qu'il ne rentrerait pas pour déjeuner ; puis il se fit conduire chez Jérôme Labadié : il éprouvait le besoin de parler d'Ida avec quelqu'un. Il rencontra Jérôme à sa porte.

— Vous sortiez ?

— J'allais déjeuner au cercle.

Pour mieux surveiller et M. Herbelin et le général, Jérôme les avait priés de lui servir de parrains et s'était fait admettre à leur cercle.

— Parfait, dit l'industriel, je venais vous chercher ; nous déjeunerons ensemble.

Jérôme remarqua aussitôt son agitation : il devina que les cartes se brouillaient du côté de la vicomtesse ; et il évita d'en parler, pour que le bonhomme se livrât plus facilement. Herbelin, obligé de montrer un peu de retenue vis-à-vis d'un jeune homme, domina son impatience jusqu'au milieu du déjeuner ; il se décida alors :

— Eh bien ! mon ami... L'autre soir ?... Vous deviez passer chez ?...

— L'autre soir ? fit Jérôme, comme ne se souvenant pas.

Puis, se frappant le front :

— Ah ! oui, la vicomtesse ?... Eh bien ! mon cher monsieur Herbelin, je lui ai porté vos excuses. ,

— Qu'elle a dû être désolée !

— A vrai dire, elle ne le semblait pas ; mais les femmes ont une si grande puissance sur elles-mêmes !...

— C'est qu'elle m'attendait et que je l'ai forcée à s'ennuyer toute seule...

— Toute seule ! fit Jérôme l'air profondément étonné ; mais elle n'était pas toute seule ; elle passait la soirée avec son amant.

Jérôme avait à peine prononcé ce mot que M. Herbelin, tout empourpré, se levait et se penchait sur lui, l'allure menaçante.

— Vous avez dit, monsieur ?

— J'ai dit, répliqua Jérôme imperturbable, qu'elle passait la soirée avec son amant.

Depuis longtemps déjà, Jérôme était vexé qu'on se moquât de M. Herbelin. Prenait-il parti pour M. Herbelin lui-même, ou plutôt pour le père de Mlle Herbelin ? Il n'avait pas approfondi la question ; mais M. Herbelin le traitant de plus en plus en camarade, il avait tranquillement préparé ses batteries, et trouvait l'occasion excellente de les démasquer.

Devant l'affirmation si catégorique de son jeune ami, M. Herbelin retomba sur son siège, balbutiant :

— Mais qu'a donc tout le monde contre cette pauvre vicomtesse ? Tout le monde s'entend contre elle... C'est une conspiration...

— Je ne vous comprends pas très bien, dit Jérôme, enchanté de l'effet produit ; et, s'il existe une conspiration, je vous jure que je n'en fais pas partie... Enfin, qu'ai-je donc dit de si étonnant ? — Un peu de fromage, monsieur Herbelin ?

— Je n'ai plus faim, dit l'industriel navré.

Et, la tête baissée, il s'enfouit dans ses méditations.

Jérôme pressa la fin du déjeuner, puis conduisit l'industriel dans un salon où ils pussent causer en liberté.

— Pardonnez-moi, dit-il alors très gentiment à M. Herbelin, si je vous ai causé quelque peine tout à l'heure ; mais...

— Vous avez calomnié une charmante femme ! s'écria M. Herbelin sortant tout à coup de son abattement. Un amant !... La vicomtesse !... Mais la vicomtesse n'a pas d'amant, monsieur !

— Qui vous l'a dit ?

— Elle-même !

— Et cela vous suffit ?

— Vous osez encore la calomnier ?

— Tenez, monsieur Herbelin, soyons bien francs tous les deux ! Moi, j'ai une grande amitié pour vous, et cela me vexe que vous soyez le jouet d'une coquine.

— Oh ! une co...

— Une cocotte, si vous préférez ! Quand j'ai des amis, je les aime jusqu'au bout, et je prends leur parti en tout. Eh bien! monsieur Herbelin, je me suis aperçu que la vicomtesse se moquait de vous, et cela ne me convient pas. Pourquoi vous attire-t-elle sans cesse chez elle? A quoi lui servez-vous? Je n'en sais rien; mais évidemment à quelque chose qui a beaucoup d'importance pour elle, puisqu'elle déploie tant de coquetterie envers vous! C'est une fine mouche qui ne donne rien pour rien... Quant au don de sa personne, elle est moins accommodante; vous en savez quelque chose?...

— Cela m'est égal, puisque personne n'a ce que je n'ai pas! Je vous répète, je vous jure que... si elle a eu des amants, elle n'en a plus... Oh! cela, j'en suis certain!

— Et M. de Mondoze?

— Mondoze!

Un éclair de colère passa dans les yeux d'Herbelin. Il lui avait suffi d'entendre ce nom pour deviner que le baron de Mondoze occupait dans la vie d'Ida une place autrement considérable que celle qu'elle avouait.

— Mondoze! Ah! si c'était vrai!

Il sortait de son abattement sénile; la jalousie lui rendait un peu d'énergie.

— Mais non, mon ami, fit-il avec emportement, non!... Non, non! Je l'ai trop bien espionnée; ce Mondoze n'est pour elle qu'une sorte de secrétaire, d'associé si vous voulez. Elle fait beaucoup d'affaires... Il la sert pour ses affaires...

— Et des affaires qui me semblent passablement louches; mais il n'est pas question de cela pour l'instant... Il est question du ridicule dont vous vous couvrez, en poursuivant d'un amour dont elle se moque, une coquine...

— Ridicule! Mais sachez, Labadié, que je n'ai jamais été ridicule, et que, si j'étais bien certain que ce Mondoze... Oh! mais, c'est que je me vengerais! s'écria l'industriel, et on n'est jamais ridicule quand on se venge! Donnez-moi une preuve que cette femme est bien la maîtresse de M. de Mondoze!...

— Si vous avez le courage et l'adresse de faire ce que je vais vous dire, la vicomtesse vous la donnera elle-même, cette preuve... Seulement il faut être aussi rusé qu'elle...

— Mais si vous alliez me tromper, Labadié, si vous alliez me faire commettre quelque lourde sottise?...

— Écoutez-moi donc, dit Jérôme avec confiance : je sais

bien que je vous vexe horriblement aujourd'hui ; mais demain
vous me direz merci.

X

PETITE JALOUSIE

La vicomtesse de Granson avait déjeuné, ce jour-là, en
tête à tête avec le baron Kreizer ; et elle lui servait elle-
même son café dans le boudoir qui fait l'angle de son hôtel.

Le baron, qui avait un faible pour le café savamment con-
fectionné, disait, en savourant sa tasse :

— Vicomtesse, vous pratiquez admirablement l'hospitalité : toujours une table exquise, un accueil charmant, des
gentillesses pour chacun de vos invités et des gâteries pour
vos préférés... J'ai rarement bu du café aussi parfait que le
vôtre... Si vous ne m'aviez déjà pris par vos jolis yeux, vous
m'auriez pris par la gourmandise...

C'était le genre habituel des compliments que le baron
adressait à la vicomtesse. Vainement Ida avait-elle essayé de
séduire le baron ; il était aussi calme vis-à-vis d'elle que
le premier jour où il l'avait vue.

Ce jour-là, la vicomtesse avait cependant résolu de faire
une dernière tentative ; elle était si profondément humiliée
de se sentir sous la dépendance de cet homme qu'elle n'aurait pas reculé devant l'abandon de sa personne pour se
rendre à son tour maîtresse de celui qui l'avait fait trembler
si souvent et qui la menait, ainsi que Henri de Mondoze, à
un but que lui seul connaissait, mais par des chemins dont
elle n'entrevoyait que trop les dangers. Elle avait donné
l'ordre qu'on ne vînt pas la déranger ; et, après avoir servi le
baron, elle s'était assise auprès de lui, sur un canapé, et elle
jouait la petite comédie qui lui avait toujours réussi et qui, en
ce moment, affolait M. Herbelin. — Kreizer ne sembla pas
d'abord s'apercevoir des provocations de la vicomtesse, il se
contentait de s'éloigner à mesure qu'elle se rapprochait de
lui. Et, tout d'un coup, comme Ida se mettait presque sous sa
tête, appelant un baiser, il se leva et se mit à marcher dans
le boudoir. Ida avait échoué une fois de plus.

Le baron montra à peine, par une légère moue, qu'il avait compris le manège de la vicomtesse ; et, comme il ménageait toujours ceux qui pouvaient le servir, il pansa un peu la blessure d'amour-propre qu'elle devait ressentir.

— Vraiment, ma chère, si j'avais dû aimer une femme, j'aurais été éperdument amoureux de vous…

— Mais vous n'avez jamais aimé ? fit Ida, cachant mal son dépit.

— Qui sait ? répondit le baron après un silence ; mais c'est de l'histoire si ancienne !

Et Kreizer, oubliant déjà ce petit incident, s'asseyait en face d'elle et réfléchissait.

— Ainsi donc, dit-il au bout d'un instant, la lettre de M¹¹ᵉ de Montreux renfermait bien tout ce que vous m'avez répété ?

La vicomtesse, redevenue maîtresse d'elle-même, répondit :

— Vous savez que j'ai une mémoire excellente : je vous ai répété exactement les termes qu'a employés M. Herbelin.

— Max aurait donc raison… jusqu'ici ?

Puis, se parlant presque à lui-même :

— Nous vieillissons, évidemment ; et la jeune école nous dépassera… de même que M. de Montreux est dépassé par cet ingénieur… Ainsi, Max s'était défié tout de suite de ce Clifford, alors que moi je ne lui croyais qu'une importance secondaire… Et le voilà installé à Saint-Étienne !

— Comme un chien de garde, dit Ida.

— Oh ! il est moins à craindre, là-bas, qu'il ne l'était à Houlgate. A la mer, il n'avait rien à faire qu'à courtiser la fille de son patron ; et c'est le hasard seul qui lui a permis de la sauver… A Saint-Étienne, M. Harry Clifford s'est confiné dans l'usine ; il se tient à sa place. Ce qu'il veut, ce garçon, c'est gagner de l'argent, tout bonnement… Le champ est libre devant Max, et je vais aller à son aide, les séductions des fils marchant plus rapidement quand on voit les millions des pères. Adieu, vicomtesse, continuez votre joli espionnage, qui est bien le comble de la perfection : espionner sans espions !

Il lui tendait la main ; elle la lui serra coquettement ; et :

— De quelle haine vous poursuivez cette famille de Montreux !

— Croyez-vous que ce soit de la haine ? fit-il d'un ton bonhomme. C'est possible…

— Mais enfin, que vous ont-ils fait?

— Oh! encore, vicomtesse? dit-il d'un ton un peu sec.

Puis, il se baissa, embrassa lourdement la main d'Ida.

— Adieu, madame. Je partirai sans doute demain pour Saint-Étienne; mais, auparavant, je vous aurai remis les dépêches, en apparence insignifiantes, que vous devrez m'envoyer s'il survenait ici quelque complication.

Le baron avait à peine quitté le boudoir de la vicomtesse que celle-ci se laissait aller à un accès de colère, renversait une mignonne chaise, jetait à terre des coussins brodés...

— Ah! c'est insupportable, à la fin, de toujours obéir comme une bête à cet homme qui, en cas de danger, nous abandonnerait aussi facilement qu'il nous fait servir à sa vengeance!... Mais que fait donc Henri qui devait si bien le démasquer, découvrir les secrets de sa vie et nous permettre ainsi de traiter d'égal à égal avec lui?... Ah! Henri!... Henri!...

Elle prononçait ce nom avec une profonde amertume.

Depuis son retour d'Houlgate, elle l'avait à peine vu; il prétextait des affaires pressées, importantes, la nécessité d'aider aux combinaisons du baron Kreizer... Mais, au milieu de ces prétextes, qu'elle perçait facilement à jour, elle voyait Henri se détachant d'elle de plus en plus, se lassant de son amour. Oh! si Henri allait ne plus l'aimer? Si quelque nouvel amour, qu'il cachait avec sa parfaite habileté, emplissait maintenant sa vie?...

— C'est que moi aussi je trouverais bien le moyen de me venger de lui! L'ingrat!

Se venger de lui! Quelle folie pourtant! Quand elle ne l'aurait plus, quelle existence stupide serait la sienne, malgré sa richesse, malgré sa puissance!

— Madame?

Le valet de pied venait d'entrer.

— J'ai dit que je n'y étais pour personne.

— C'est que... c'est M. Herbelin.

— Ah! lui... fit Ida, d'un air ennuyé... Bien, introduisez-le.

Et tandis que le domestique allait chercher M. Herbelin, elle s'écriait :

— Il arrive à point pour ma mauvaise humeur!

La vicomtesse était trop préoccupée pour remarquer que M. Herbelin n'avait pas son allure habituelle, sa bonne figure épanouie, son sourire satisfait. Jérôme l'avait admirablement chauffé, et il arrivait bien décidé à ne plus permettre qu'on se moquât de lui... si du moins on s'était moqué de lui, ce qu'il ne reconnaîtrait définitivement que devant de bonnes et dues preuves.

—Ma chère vicomtesse...

Il voulut lui baiser la main, elle se dégagea brusquement de son étreinte.

— Je vous préviens, mon ami, que je suis agacée, que j'ai la migraine... Et ma porte était fermée à tout le monde...

— Je suis vraiment très flatté que vous ayez daigné faire une exception pour moi ; mais mon amour justifie une telle préférence...

Ida s'était à demi étendue sur une bergère ; sa jupe un peu relevée laissait voir son petit pied, sa cheville, et Herbelin, à travers un bas à jour, devinait cette jolie peau nacrée qu'il avait tant aimée et qu'il brûlait d'aimer encore. Il s'assit aux pieds de la vicomtesse, commença de débiter une galanterie ; Ida l'interrompit bien vite.

— Oh ! pas de fadaises aujourd'hui ! J'ai la bonté de vous écouter quelquefois ; faites-moi grâce de vos déclarations quand j'ai la migraine !

Et, se relevant un peu, et toisant le pauvre Herbelin de toute sa hauteur de jolie femme :

— D'ailleurs, vous êtes absurde avec votre amour ; vous devriez comprendre, une bonne fois, que c'est fini, toutes ces bêtises, pour vous comme pour moi ! Sachez donc vous contenter de mon amitié, et ne m'ennuyez plus de votre passion, vous me forceriez à vous fermer ma maison... L'amour ! L'amour ! Mais c'est ridicule, à votre âge !...

Herbelin sursauta. Ridicule !

— Soit, ma chère, dit-il d'un ton assez calme, je tâcherai de ne plus vous parler d'amour ; je vais me ranger, de moi-même, dans la série des magots qui ornent votre collection d'amoureux repoussés... Je crois que mon numéro d'ordre me placera auprès du baron de Mondoze, le dernier galant que vous ayez désespéré avant moi...

— Ah ! vraiment, dit la vicomtesse, que ce seul nom de Mondoze avait fait tressaillir et qui essayait de se montrer ironique, vraiment, vous vous imaginez que M. de Mondoze?...

— Du moins, c'est ce qu'on raconte au cercle ; il vous

aimait passionnément, et je m'empresse d'ajouter : sans le
moindre profit!... toujours d'après ce qu'on raconte au
cercle... Et, ma foi, je ferai comme lui : je tâcherai de me
consoler !

— Ah ! murmura la vicomtesse, ne cachant pas son
trouble, M. de Mondoze s'est... consolé ?_

— J'ai rarement bu café aussi parfait... (Page 80.)

— On le dit.

— Il a bien fait, ce pauvre garçon... Mon Dieu! que cette
migraine me fait souffrir !

Ida se cachait le visage dans son mouchoir et essuyait de
grosses larmes qui avaient jailli de ses yeux. Cependant le
désir de la vengeance lui donna la force de reprendre son
calme. D'une voix qui tremblait à peine, elle demanda :

— Dit-on aussi, à votre cercle, auprès de qui il s'est
consolé ?

— On n'en fait pas mystère; mais... comme ces choses-là
ne vous intéressent guère, ma chère amie...

— Oh! pas du tout... Seulement, vous connaissez la curio-

sité féminine... Voyons, mon cher Herbelin, dites-moi donc
le nom de la nouvelle maîtresse de M. de Mondoze, que je
puisse le taquiner un brin...

Il avait vu Ida sortir de la maison au bras d'Henri. (Page 88.)

— Ce nom ne vous apprendrait rien... Une demoiselle
quelconque, qui n'aurait, m'assure-t-on, que la qualité d'être
jeune et fraîche...

— Jolie?

— Un amour!

— M. de Mondoze est un heureux homme. Et cette demoiselle s'appelle?...

— Vous y tenez absolument?

— Absolument... quoique, bien entendu, cela ne m'intéresse en rien.

— Ketty Bell...

— Ketty! fit la vicomtesse se redressant; oh! la coquine!

— Vous la connaissez donc?

— Moi! dit Ida soudainement embarrassée; mais... pas
du tout.

— Cependant, vous avez dit : la coquine! ce qui semble-
rait indiquer que vous prenez à elle plus d'intérêt que vous
ne voulez l'avouer.

— Mais non, mon ami, j'ai dit : l'heureuse coquine! parce
que M. de Mondoze est un homme charmant, très à la mode...

— Et puis, que vous êtes peut-être un peu jalouse de lui?...

— Jalouse! Moi!... Jalouse de M. de Mondoze!

Ida éclatait de rire.

— Ah! mon pauvre Herbelin, vous êtes trop drôle avec
vos idées! Moi qui ne voulais pas vous recevoir aujourd'hui!
J'allais m'ennuyer toute l'après-midi ; vous m'amusez beaucoup... Et, donnez-moi encore quelques détails...

— On n'en raconte pas beaucoup au cercle.

— Enfin, depuis quand cela dure-t-il?

— Depuis le dernier voyage que M. de Mondoze a fait
avec elle en Angleterre.

— Henri... M. de Mondoze a fait un voyage en Angleterre?

— Mais oui, avant votre départ pour la mer.

— C'est possible... Oui, je me souviens qu'il m'a parlé de
ce voyage...

Elle voyait enfin toute la trahison d'Henri, ce long séjour
fait à Londres, la froideur qu'il lui avait montrée avant et
surtout après ce voyage.

— Comme votre migraine vous fait souffrir! dit béatement
Herbelin.

— Oui... oui, cela me reprend... J'ai la tête en feu...

— Alors, je vous quitte, je ne veux pas vous fatiguer plus
longtemps... Adieu, belle amie... Surtout, s'il vous prenait
l'envie de taquiner Mondoze, n'allez pas me trahir auprès
de lui?...

— Je n'y songeais déjà plus... Au revoir, Herbelin.

Il partit assez bravement; et en traversant l'antichambre,
il sifflotait, retroussait sa moustache. Mais, dans la cour de
l'hôtel, il trébucha deux ou trois fois. Et une fois dans la rue,

il s'appuya quelques secondes contre le mur ; son cœur s'était
arrêté, une sueur froide coulait de son front...

— Oh ! la drôlesse !

Il s'était mis à marcher, tout chancelant, et, d'une voix
éteinte, proférait des injures. Il lui fallut cinq minutes pour
regagner sa voiture, qui n'était cependant qu'à une centaine
de mètres, avenue Montaigne. Jérôme, qui le guettait, avait
déjà ouvert la portière.

— Le pauvre homme ! murmura-t-il en lui-même. Eh
bien ? interrogea-t-il d'un ton affectueux.

— La gueuse ! répondit Herbelin.

Jérôme le fit monter dans son coupé ; l'industriel tomba,
tout affalé, sur les coussins, murmurant :

— Vous aviez raison, elle se moquait de moi.

— Le petit piège a réussi ?

— Ah ! mon ami, elle a perdu la tête... Mais enfin, qu'a-t-il
donc de si séduisant, ce Mondoze, pour exciter de pareilles
passions?... Voulez-vous donner l'ordre de me reconduire à
l'usine ?

— Permettez, pas tout de suite ! C'est que je vous connais,
monsieur Herbelin, et que je connais aussi la puissance de
l'amour... Vous êtes indigné en ce moment, vous ne doutez
pas de la perfidie de cette femme...

— Oh ! non, hélas !

— Mais cela changerait peut-être d'ici à demain ; vous
trouveriez, au fond de votre cœur, toute sorte d'excuses
pour elle. Quand on a une femme dans le sang, — et celle-ci
s'est rudement infiltrée en vous, — on perd la notion exacte
des choses.

— Que voulez-vous de plus? J'en ai assez, j'en suis malade,
Labadié ! J'ai compris, aussi clairement que je vous vois en
ce moment, qu'elle est la maîtresse de Mondoze... Ah ! lui,
par exemple ! Qu'il n'ait jamais besoin de mes services !...
Que regardez-vous donc, Labadié?

Jérôme, le visage collé sur la vitre placée derrière le
coupé, dit :

— Je m'en doutais ; décidément, quand l'amour s'en mêle,
les femmes les plus fortes perdent facilement la tête...

Herbelin allait passer sa tête à la portière ; Jérôme le retint
d'un geste brusque.

— Voulez-vous bien vous cacher !

En ce moment, une voiture découverte passait auprès
d'eux à fond de train.

— Mais c'est la voiture de la vicomtesse! s'écria Herbelin.

— Parfaitement!

— Et elle sort, elle qui était si souffrante!

— Elle va faire une promenade hygiénique, et nous nous
intéressons trop à sa santé pour ne pas la suivre... N'est-ce
pas, monsieur Herbelin?

Jérôme se pencha à la portière.

— Filez-moi cette voiture à trente mètres de distance,
ordonna-t-il.

— Mais où pensez-vous donc qu'aille la vicomtesse? bal-
butiait Herbelin.

— Ne le devineriez-vous pas?

Quelques instants après, ils pénétraient dans la rue des
Écuries-d'Artois.

— Ah! mon Dieu! balbutia l'industriel; mais... savez-vous
bien que c'est dans cette rue qu'habite M. de Mondoze?

— Parbleu!

La voiture de la vicomtesse s'était arrêtée devant la
maison habitée par Henri. M. Herbelin vit Ida descendre ou
plutôt sauter à terre et s'engouffrer, en courant, sous la voûte
de l'immeuble.

— Il vous fallait cette dernière preuve, dit Jérôme; je
suis ravi que la belle Ida ait l'imprudence de vous la donner
elle-même. Maintenant, tenez-vous coi, et attendez!

— Que peut-elle lui dire, mon Dieu?

Il n'y avait que deux minutes qu'elle était entrée dans la
maison, et il trouvait cela horriblement long. Plusieurs fois,
il répéta d'un ton douloureux :

— Mais que peut-elle lui dire?

— Ne savez-vous donc pas comment ça se passe, les scènes
de jalousie?

— Penser que je l'ai espionnée si souvent et que je ne l'ai
jamais, jamais vue venir chez Mondoze!

— Elle croit son amour menacé... Elle a perdu la tête.

Une demi-heure environ s'écoula. Herbelin souffrait horriblement : son visage se décomposait, et, par moments, de
grands frissons le secouaient. Puis, soudain, il poussa un cri
rauque : il avait vu Ida sortir de la maison au bras d'Henri
de Mondoze. Henri avait une allure à la fois heureuse et

encore inquiète, comme un homme qui vient d'échapper à un danger. Ida semblait accablée. Malgré sa voilette, malgré une épaisse couche de poudre, il était facile de voir qu'elle avait longuement pleuré.

— Ah! l'aime-t-elle! l'aime-t-elle! balbutia Herbelin.

Henri la faisait monter en voiture avec des soins d'amoureux; et, quand il prit place auprès d'elle, elle se serra contre lui. En ce moment elle ne songeait plus à cacher sa liaison, et elle se disait qu'elle avait été une folle de ne pas compromettre Henri aux yeux de tout Paris...

— Fais-nous conduire au Bois, murmurait-elle.

Quand leur voiture passa devant celle de M. Herbelin, Ida et Henri avaient trop bien les yeux fixés l'un sur l'autre, pour rien remarquer autour d'eux.

— Au Ranelagh! ordonna Jérôme au cocher d'Herbelin.

Il reconduisit l'industriel chez lui, mais le quitta à la porte de la villa.

Quand Mme Herbelin vit son mari, elle eut un mouvement de stupeur, puis s'écria :

— Ah! mon Dieu, mon ami! Mais vous avez la jaunisse!...

<h1 style="text-align:center">XI</h1>

DANS LA PLACE

Max Kreizer n'avait pas trompé son père en lui écrivant que le comte l'avait admirablement reçu et qu'il était traité par lui comme un membre de la famille.

Hélène n'avait pas eu besoin que son père lui expliquât pourquoi elle devait rendre le séjour de sa maison agréable au fils du baron Kreizer; elle connaissait le motif de sa visite : son devoir strict lui ordonnait de ne mettre aucune entrave aux relations de son père et des Kreizer. Elle aussi s'était donc montrée d'une affabilité parfaite pour Max, mais de cette affabilité toute mondaine où jamais rien ne venait du cœur et qui, pourtant, chatouillait de la façon la plus agréable l'amour-propre de ce joli bandit. Le comte, enchanté de la gentillesse de sa fille, crut devoir lui donner alors quelques explications. Jusqu'alors, seul le caissier Jordanne avait connu l'état exact de ses affaires : sa fille supposait simplement qu'il était gêné; elle ignorait à quel point ils se trouvaient près d'une catastrophe.

— Comprends bien, Hélène, que la situation d'un industriel dépend du crédit qu'on lui accorde, et qu'il est perdu le jour où l'on a deviné qu'il doit recourir à des expédients pour faire face à ses affaires... Tous mes capitaux sont engagés, je ne me soutiens que par des emprunts; et le moment est venu où ces emprunts sont impossibles à contracter au grand jour... J'ai commis l'imprudence de me débarrasser trop tôt de mes bailleurs de fonds; il ne faut pas songer à s'adresser à eux, ils hausseraient les épaules. Seul, M. Herbelin pouvait me venir en aide. Il l'a fait, il me faut autre chose : cette autre chose, c'est une importante commandite... mais une commandite consentie par un homme qui n'examinera pas trop sévèrement ma situation. Cet homme, ce sera le baron Kreizer... Dans un an, avant peut-être, je serai sorti de cette mauvaise passe; et alors...

Le comte se redressait avec hauteur :

— Et alors je paierai largement à cet homme le service qu'il m'aura rendu.

M. de Montreux se donnait ainsi, parfois, à lui-même, l'illusion qu'il était toujours le grand seigneur qu'il avait été; mais Hélène ne comprenait que trop qu'il était forcé de s'incliner devant la puissance de l'argent, cette puissance qu'il affectait jadis de mépriser. Elle retirait du moins un avantage de cet état de préoccupations dans lequel vivait son père : il semblait avoir oublié le drame qui l'avait séparé de sa fille.

Il consacrait sa matinée au travail; et l'après-midi s'écoulait en longues promenades destinées à faire prendre patience à Max jusqu'à l'arrivée de son père. Puis ils passaient la soirée fort tranquillement, en famille. Max, très bon musicien, jouait les choses les plus nébuleuses des maîtres allemands que le comte déclarait charmantes; Hélène exécutait quelquefois les maîtres français... Et si le comte disait à Max :

— Mais cette vie patriarcale doit vous excéder !

Il répondait gentiment :

— C'est la seule vraiment bonne.

Il y avait, malheureusement pour Max, une ombre à ce délicieux tableau : la présence de Harry Clifford.

Harry ne se montrait pourtant pas bien gênant : sans cesse enfermé dans son laboratoire ou dans les ateliers, il ne

paraissait chez le comte que lorsque celui-ci allait le chercher
et l'emmenait pour ainsi dire de vive force à la villa.

Max avait manifesté — ouvertement — beaucoup de joie
de le revoir, et Harry n'avait trahi ni par un mot ni par un
geste la profonde haine qu'il nourrissait contre le fils du baron.

— Ces deux jeunes gens se tiendront compagnie, avait
dit le comte à Hélène.

Et Max y semblait, en effet, tout disposé; mais, à chaque
tentative qu'on faisait pour l'arracher à ses travaux, Harry
répondait imperturbablement :

— Je serais enchanté, mais je n'ai pas le temps.

Le comte n'osait pas insister; il était trop heureux de
constater la belle impulsion que reprenait son usine sous la
direction de l'ingénieur américain.

Ouvriers, chefs d'atelier, contremaîtres, tout le monde
lui obéissait aveuglément. Le comte, qui n'avait jamais su se
défaire d'une certaine raideur dans le commandement, admi-
rait la gentillesse avec laquelle il expliquait ses ordres, bien
posément, bien clairement, recommençant sans impatience si
on ne l'avait pas compris et terminant toujours par :

— Allez, mon ami.

Et c'était devenu un dicton dans toute l'usine :

— Il vous enverrait vous faire casser la tête, celui-là,
qu'on irait en riant.

L'usine l'absorbait donc tout le jour; et, la nuit, on voyait
toujours de la lumière dans son pavillon jusqu'à une heure
très avancée.

— Que cherchez-vous encore? lui demandait le comte.

— Il faut toujours aller de l'avant, répondait-il.

Il avait obtenu une nouvelle économie de deux pour cent
sur la fabrication des fusils; et il était en train de modifier la
construction des canons et des plaques de blindage.

Cet homme si occupé trouvait pourtant le moyen d'avoir
un moment de liberté chaque fois que Mlle Montreux se pro-
menait autour de la pelouse qui sépare l'usine de la maison
d'habitation. Et, la nuit, lorsque Hélène rêvait à sa fenêtre et
que, malgré elle, ses yeux se portaient vers le pavillon de
Harry, elle était certaine de le voir interrompre son travail
jusqu'au moment où elle se retirait. Une fois même, elle se
réveilla au milieu de la nuit et, entendant des pas, elle alla
soulever son rideau et regarda. Elle distingua une silhouette

d'homme qui faisait le tour de la villa et qui arriva bientôt sous sa fenêtre. Il y avait là un petit parterre qu'elle entretenait elle-même. L'homme se baissa, coupa une fleur, puis s'éloigna lentement dans la direction du pavillon de l'ingénieur.

— Ah! qu'il m'aime! murmura la jeune fille, et que ce serait bon de l'aimer!

A partir de ce moment, Harry trouva souvent des fleurs sur sa table de travail; et, comme, la première fois, il demandait, à la femme chargée de le servir, d'où elles provenaient, la servante répondit avec embarras :

— C'est... c'est moi... J'ai dit comme cela à mademoiselle que monsieur aimait les fleurs... Et mademoiselle m'a permis... C'est de son parterre...

Harry se pencha sur le bouquet, comme pour le sentir, et ses larmes se mélangèrent aux gouttes de rosée.

— Vous remercierez mademoiselle, dit-il.

Il n'osa pas la remercier lui-même, il aurait eu peur de se trahir. Le soir de ce jour, le comte annonça à table que Harry venait de terminer une expérience merveilleuse qui allait permettre d'augmenter la force de résistance des plaques de blindage. Max manifesta alors pour la première fois le désir de visiter sérieusement l'usine; le comte l'avait seulement mené dans quelques ateliers qui n'offraient qu'un médiocre intérêt, ceux où se fabriquaient des rails ou des objets destinés à l'industrie : le fils du baron n'avait jamais vu la fabrication des armes. Le lendemain, Max revint à la charge, le comte se rendit avec lui à l'usine; mais Harry, d'une façon fort aimable d'ailleurs, expliqua qu'il venait d'arrêter plusieurs machines à la suite d'un léger accident et que, par suite, la visite manquerait d'intérêt. Deux jours après, nouvelle tentative de Max pour pénétrer dans l'usine. Cette fois, toutes les machines marchaient; mais Harry, qui devait naturellement diriger la visite, était retenu par une expérience.

— Nous assisterions avec grand plaisir à cette expérience, dit Max.

— Elle est trop dangereuse pour que j'y admette qui que ce soit, répliqua tranquillement Harry.

Une troisième fois, Max crut être plus heureux. Harry avait choisi lui-même le jour et l'heure d'une visite complète et donné tous ses ordres en conséquence.

— J'espère, dit-il avec un sourire où Hélène distingua une

légère ironie, que cette fois il ne surgira aucun empêchement.

La visite eut lieu en effet et commença par les ateliers les moins intéressants pour Max; ce qu'il brûlait de voir, ce que, dans toutes ses lettres, son père lui recommandait ardemment de surveiller, c'était la fabrication des fusils et cette merveilleuse machine dont il ne connaissait encore que les résultats. — Harry avait réservé les ateliers de fusils pour la fin de la visite, et il s'attardait dans les ateliers de fonderie, devant les énormes pièces de canons, les plaques de blindage. Il se dirigea enfin vers ces ateliers spéciaux où personne ne pouvait pénétrer sans sa permission, et dont la surveillance était confiée à Bernard Lavergne.

Comme il mettait la main sur la poignée de la porte, cette porte s'ouvrit, et Bernard Lavergne parut, la figure désolée; et, montrant d'un geste toutes les machines arrêtées :

— J'allais vous chercher, monsieur Harry... Ça a cessé de marcher, tout d'un coup... Et nous n'osons pas y toucher sans vous...

La visite était encore une fois manquée; Max se garda bien de montrer son mécontentement.

— Nous n'avons pas de chance, dit-il seulement à Harry.

— Vous m'en voyez tout navré, répliqua l'ingénieur...

Et Harry pénétra seul dans l'atelier.

Max et le comte se retirèrent; mais, pendant les quelques secondes que la porte était demeurée ouverte, le fils du baron avait pu distinguer l'importance de l'atelier et l'énorme tas de fusils fabriqués depuis le matin.

— Vous avez donc une bien forte commande? dit-il au comte.

— Oui, pour l'étranger, répliqua vivement M. de Montreux.

Max n'insista pas ; mais le soir il écrivait à son père et, le surlendemain, le baron arrivait à Saint-Étienne.

Son installation était préparée : une chambre contiguë à celle de son fils. Il parla bien, pour la forme, d'indiscrétion, de gêne; mais il accepta; il était aussi heureux de recevoir l'hospitalité dans cette maison que le comte de la lui offrir.

Malgré tout ce que lui avait écrit son fils, il ne s'attendait pas à un accueil aussi empressé, surtout de la part d'Hélène : il se laissa prendre, comme Max, à cette amabilité de femme du monde qui était innée chez la jeune fille et qu'elle déployait avec une souveraine bonne grâce pour faire les honneurs de sa maison. Dès le premier repas, le baron se sentait tout à son aise. Il jeta plusieurs coups d'œil à son fils pour le complimenter. Après le dîner, tandis que Max se mettait au piano, les deux pères passèrent dans le cabinet du comte.

— Car il faut, dit aimablement le comte, que nous ayons, sans tarder, une sérieuse conversation d'affaires.

— Elle ne sera pas bien longue, dit non moins aimablement le baron : des hommes comme nous sont faits pour s'entendre en peu de mots.

— La question est fort simple. Vous avez eu la gracieuseté de me prêter une somme de cent mille francs...

— Et, au cas où vous en auriez besoin, je vous en apporte une semblable : seulement, fit le baron avec un gros rire, je profite de vos mésaventures, je ne dors plus en chemin de fer.

Puis il prit une grosse enveloppe dans sa redingote.

— Voici ces cent mille francs. Donc, au total, deux cent mille. Mon cher comte, nous sommes fort riches, tous les deux, avec cette différence que votre fortune est toute engagée dans votre usine, tandis que la mienne consiste uniquement en capitaux. Or vous manquez, je ne dirai pas de... capitaux, le mot serait trop gros, mais de fonds de roulement.

— C'est exact, dit le comte.

— Moi, j'ai plusieurs centaines de mille francs assez mal placées, ne me rapportant guère que trois pour cent. Je ne veux me mêler en rien de vos affaires, je ne veux partager ni bénéfices... ni pertes surtout; ce que je veux, c'est un revenu certain. Quel intérêt pouvez-vous m'assurer?

Le comte réfléchit quelques instants : trop peu habile en affaires pour deviner que la douceur de ces conditions devait cacher un piège, il ne voyait qu'une chose, c'est que le baron lui offrait de l'argent sans lui demander de se mêler de ses affaires.

— Un revenu de six pour cent vous satisferait-il?

Le baron accepta; il aurait accepté tous les taux pour demeurer dans la place.

— Eh bien! dit le comte, nous réglerons définitivement cette affaire, demain, avec mon caissier. Et, dans ces conditions, j'accepterai votre second prêt de cent mille francs.

— N'oubliez pas que, lorsque cette somme sera épuisée, je me mettrai encore avec grand plaisir à votre disposition.

Puis les deux hommes rentrèrent dans le salon; et la soirée s'acheva avec une parfaite cordialité. Une heure après, la maison tout entière semblait endormie, pas une fenêtre n'était éclairée. Harry Clifford, qui fit sa ronde habituelle vers une heure du matin, ne remarqua rien d'anormal. Et lui-même se décidait à se reposer, quand il aperçut une lueur dans la chambre qu'il savait être celle du baron Kreizer. Il revint vivement vers la villa et comprit aussitôt ce qui se passait, en voyant la lueur disparaître de la chambre du père et reparaître dans celle du fils. Le baron s'était levé pour causer avec son enfant en toute sécurité.

En ce moment, il s'asseyait en face du lit de Max et contemplait avec orgueil son fils endormi; il murmurait :

— Ma fille serait belle comme lui... Elle aurait des enfants maintenant... Je serais grand-père...

Il lui arrivait parfois de s'attendrir ainsi; mais il ne laissait pas ces doux sentiments s'attarder dans son cœur parce qu'ils l'amollissaient.

— Max !

Il tapait sur l'épaule de son fils. Max se réveilla en sursaut.

— Je vous demande pardon, mon père, vous m'aviez bien dit de vous attendre... Je n'ai pu résister au sommeil...

— Peu importe! Cela m'a fait plaisir de voir ton sommeil si heureux....

— Ma foi! mon père, je faisais un rêve charmant...

— Aux pieds de Mlle de Montreux?

— Vous voulez dire qu'elle était à mes pieds?

— Cela viendra, je n'en doute plus; tu as parfaitement manœuvré : jusqu'ici, tout semble te donner raison, et la jeune école a du bon. Mais, où en es-tu réellement avec la fille du comte ?

— Vous l'avez vu, ce soir : à l'amitié...à la bonne camaraderie, pour ne pas exagérer.

— Tu ne t'es pas encore risqué?

— J'agis prudemment. Mais maintenant que vous êtes ici et que le comte est de plus en plus amorcé par votre fortune, je profiterai de la première occasion...

— Et personne ne se met en travers de tes projets amoureux?

— Personne... Et qui donc oserait?...

— Mais ce Harry, qui courtisait Mlle de Montreux à Houlgate, et qui a acquis des droits absolus à sa reconnaissance...

— Ne me disiez-vous pas vous-même, mon père, qu'il ne courtisait, dans Mlle de Montreux, que la fille de son patron? Vous voyiez juste : M. Harry Clifford, définitivement entré à l'usine, se tient modestement à sa place d'ingénieur, et

je vous jure qu'il n'est pas gênant, du moins en ce qui con-
cerne Mlle de Montreux; car, pour ce qui regarde l'usine...

— Il n'y a pas moyen d'y pénétrer?

— J'ai fait trois tentatives; elles ont échoué toutes les trois.

Il coupa une fleur et s'éloigna lentement. (Page 92.)

— J'essaierai, moi.

— Essayez, mon père. M. Clifford vous mènera bénévole-
ment dans des ateliers dont vous n'aurez que faire, et encore
s'y moquera-t-il de vous! Tenez, il y a deux jours, il m'a
montré une coupole destinée à une tourelle d'un fort de l'Est
et m'a affirmé, avec le plus grand sérieux, qu'elle était destinée à une tourelle de navire...

— Tu as eu l'air de le croire?

— Avec une parfaite naïveté, mon père.

— Eh bien... plus j'y réfléchis et plus je crois que ce gaillard-là est autrement dangereux que je ne me l'imaginais tout d'abord. Enfin, nous le surveillerons, et tant pis pour lui s'il nous gêne!... Cependant, tu as pu jeter un coup d'œil sur l'atelier qui renferme ces mystérieuses machines?

— Oui... On les avait évidemment arrêtées à propos... Mais j'ai distingué cet énorme tas de fusils, que le comte m'a dit être destinés à l'étranger...

— Ce qui n'est pas vrai, dit lentement le baron de Kreizer. Ah! ceci est grave, Max : des fusils qu'on fabrique secrètement, et en si grande quantité!... Des fusils de petit calibre, n'est-ce pas?

— Oui, mon père.

— Parbleu! monsieur le comte de Montreux, je vous donnerai tout l'argent que vous voudrez; mais il faudra bien que je sache à qui ces armes sont réellement destinées!

Hélène voulut boire une tasse de lait.
(Page 99.)

XII

RIVAUX

Le comte de Montreux se leva, le lendemain, d'une charmante humeur. Dès l'ouverture des ateliers, il faisait le tour de l'usine, adressant de temps en temps quelque parole aimable à ses ouvriers. Il rencontra Harry Clifford qui passait lui-même son inspection.

— Eh bien! et ces petits accidents? lui demanda-t-il.

— Tout est réparé, monsieur le comte.

— C'est que j'ai un hôte à qui je tiens à montrer mon usine sous son plus bel aspect.

— Croyez-vous, monsieur de Montreux, qu'il soit prudent de montrer à des étrangers la fabrication de nos fusils?

— Ah çà! répliqua le comte, j'aime à croire que vos machines n'auront pas un nouveau caprice au moment même où nous voudrons les voir?

— Mes machines sont très capricieuses, dit Harry fixant un profond regard sur l'industriel; elles n'aiment pas à travailler devant des étrangers.

— Je vous comprends, Harry; cependant, il est indispensable, pour mes intérêts, que le baron Kreizer ne soit pas traité en étranger.

— Quand aura lieu la visite? fit Harry en s'inclinant.

— Ce matin. Vous voudrez bien ensuite déjeuner avec nous; et, l'après-midi, nous irons sans doute jusqu'au mont Pilat. Pourrez-vous nous accompagner?

— Avec grand plaisir, monsieur le comte.

Le comte retourna à la villa et trouva le baron et son fils déjà prêts pour cette visite.

Le baron put voir l'usine en grand travail, et le comte put s'imaginer que cela lui inspirait une solide confiance. Seulement, sous prétexte que l'heure pressait, Harry, qui dirigeait la visite avec beaucoup de bonne grâce, fit marcher le baron à la vapeur : il était impossible de rien examiner en détail. Quelques ateliers durent être sacrifiés, et, entre autres, celui où se fabriquaient les pièces auxiliaires des fusils. Enfin, dans l'atelier des canons de fusil, le baron eut une parfaite désillusion : deux machines seulement étaient en mouvement, les autres étant démontées pour le nettoyage; et ces deux machines fabriquaient de simples fusils de chasse. Le comte, d'un coup d'œil, félicita Harry de cette jolie ruse, et on fabriqua un fusil de chasse devant le baron. Il restait encore une demi-heure avant le déjeuner; le comte et le baron en profitèrent pour régler définitivement les questions d'intérêt. Kreizer joua admirablement sa comédie; et Jordanne le prit réellement pour un capitaliste enchanté de placer ses fonds d'une manière avantageuse.

Le déjeuner se passa de la façon la plus cordiale. Hélène, voyant son père satisfait, se montrait toute gaie ; et Max commençait à lui faire un peu plus ouvertement la cour. C'était, d'ailleurs, pour eux, comme un tête-à-tête ; car le comte, le baron et Harry étaient plongés dans une conversation industrielle qui semblait les absorber.

Il en fut de même pendant la plus grande partie de l'excursion. Le baron essayait vainement de distinguer quelque signe d'inquiétude sur le visage de Harry ; Harry demeurait ingénieur, rien qu'ingénieur. Et quand il adressait quelques paroles à Mlle de Montreux, c'était avec la politesse la plus calme, la plus indifférente.

Le comte avait fait atteler ses meilleurs chevaux ; ils arrivèrent bientôt au Bessat, qui se trouve au pied du mont Pilat. Le temps était superbe. La montagne, couverte de forêts et de prairies, se détachait bien nettement sur un ciel très pur.

— Pilat n'a pas son chapeau, dit le comte, nous pouvons risquer l'ascension.

Les gens du pays assurent que le mont Pilat est un vrai baromètre ; et, lorsqu'ils le voient couronné de nuages, ils ne manquent jamais de dire :

> Pilat a son chapeau.
> Prends ton manteau,

Tandis qu'Hélène racontait aux Kreizer la légende d'après laquelle Ponce-Pilate serait venu se tuer là, en se précipitant dans l'abîme, le comte avait loué un guide, des chevaux, et il se passa alors un incident presque insignifiant, mais qui fut un trait de lumière pour le baron. Comme on amenait les chevaux, Harry se rapprocha de celui qui était destiné à Hélène et s'assura que la sangle était bien mise.

— Soin d'amoureux, murmura l'Allemand.

Harry s'écarta d'ailleurs aussitôt et, sans montrer aucune jalousie, laissa à Max le plaisir d'aider Hélène à sauter en selle. Et l'on partit. Quelques instants après, ils arrivaient à la *jasserie* (ferme) située au bas du pic de la Perdrix auquel ils se rendaient. Hélène voulut boire une tasse de lait, Max sauta vivement de cheval pour aller la lui chercher ; le baron examinait Harry, l'ingénieur demeura impassible. Ils continuèrent leur route au milieu de grands pâtu-

rages; peu à peu, ils découvraient un panorama admirable.
Lorsqu'ils furent au sommet du *crest* (pic) de la Perdrix, qui
est le plus élevé des trois sommets du mont Pilat, la beauté
de la vue arracha des cris d'admiration à Max et à son
père; le comte, tout heureux, leur indiquait les points
principaux : au-dessous d'eux, près de la jasserie, les sources
du Gier et sa cascade, dans laquelle s'irisaient les couleurs du
soleil; à leur droite, la vallée du Rhône et d'innombrables
chaînes de montagnes allant rejoindre les Alpes, dont on distinguait les premières silhouettes; à leur gauche, les monts
d'Auvergne et, devant eux, le prolongement des Cévennes
jusqu'aux monts du Beaujolais et du Charolais. Harry, qui ne
quittait pas les Kreizer des yeux, voyait leur visage se contracter légèrement, puis se couvrir de cette nuance indéfinissable
qui trahit infailliblement la jalousie. L'ingénieur, très doucement, cachant son ironie sous un naïf sourire, dit :

— N'est-ce pas, monsieur Kreizer, que la France est un
beau et puissant pays?

Cette phrase tira le baron de sa contemplation haineuse;
et, reprenant bien vite son allure bonhomme :

— Certes oui, monsieur Clifford.

— J'ignore, poursuivit l'ingénieur, quelle impression peuvent éprouver les autres étrangers en visitant la France;
mais ce qui me frappe le plus vivement, c'est l'alliance de
son agriculture, si ingénieuse, qui trouve le moyen de ferti-
liser des montagnes comme celles-ci, et de son industrie,
qui fabrique aussi bien des rubans, de la coutellerie que
d'énormes pièces de canon, comme à Saint-Étienne.

Et, d'un geste, Harry semblait envelopper toutes les
cheminées d'usines qui émergeaient au-dessous d'eux, couron-
nées de fumée.

— Oui... oui... c'est aussi ce que j'éprouve, dit le baron.

Et, en même temps, il jetait en dessous un regard de haine
à Harry Clifford.

On continua d'admirer le paysage; on chercha, au milieu
de toutes les cheminées de Saint-Etienne, celles de l'usine de
Montreux; puis le comte donna le signal du départ.

Les routes tracées dans les Cévennes sont généralement
caillouteuses, formées de débris de quartz et de granit : le comte,
pour éviter tout accident, recommanda de marcher lentement,
et lui-même, quoique excellent cavalier, menait son cheval au

petit pas. Mais Hélène avait souri des conseils de son père:
elle avait fait si souvent cette excursion!

Elle allait presque au trot; et Max et Harry l'accompagnaient. Max pressait même l'allure de son cheval; il espérait qu'Hélène le suivrait, que Harry resterait un peu en arrière et qu'il aurait le plus charmant tête-à-tête qu'on pût rêver, au milieu d'un beau paysage, au coucher du soleil; il s'imaginait aussi qu'il était très séduisant à cheval; Harry, qui n'avait qu'une médiocre expérience du cheval, n'en mettait pas moins sa bête à la même allure. Cependant, éprouvant un commencement d'inquiétude pour Hélène, il dit :

— Prenez garde, monsieur Kreizer : si nos bêtes n'étaient pas habituées à ce chemin, il serait déjà arrivé un accident...

— Vous avez donc peur de tomber? répliqua Max avec ironie.

Il avait à peine dit ces mots que le cheval d'Hélène faisait un faux pas.

— Ah! ces jeunes gens! s'écria le guide: ils veulent toujours aller trop vite. Ralentissez, sacrebleu!

Mais Max avait donné un petit coup de canne à sa bête, qui se cabra; le cheval d'Hélène, glissant sur les cailloux, fit encore un faux pas, essaya de se cabrer, puis tomba et roula sur le chemin. Max avait déjà dominé sa monture, sauté à terre, et il courait au secours d'Hélène. Il eut un cri de rage. Harry, sans quitter sa selle, avait enlevé Hélène par la taille, au moment même où son cheval se débattait, et il la déposait doucement à terre.

— Ah! merci, monsieur, balbutia-t-elle; vous veillez donc toujours sur moi?...

Et, se retournant vers le comte :

— Ce n'est rien, père, je vous jure... rien qu'un peu d'émotion.

Le comte et le baron étaient descendus de cheval et accouraient. Le vieux Kreizer put voir, en ce moment, les regards de haine qu'échangeaient son fils et Harry.

— L'imprudent, murmura-t-il; il vient de me livrer le secret de son amour!

Le comte remerciait chaleureusement Harry.

— Mais je vous en prie, répondait celui-ci, qu'il ne soit plus question d'une si petite chose! Tout le monde en eût fait autant à ma place...

Max eut l'adresse de dominer sa colère ; et, de la façon la plus aimable, il dit à Harry :

— Vous êtes né sous une bonne étoile, monsieur; et si je n'étais votre ami, je serais jaloux de l'heureuse chance qui vous fait toujours vous trouver auprès de Mlle de Montreux quand il s'agit de la sauver... Je souhaiterais presque que Mlle de Montreux courût un nouveau danger, pour que mon tour arrivât enfin !

Le comte donna son cheval à sa fille ; et l'on regagna Bessat sans nouveaux incidents. A la nuit, ils arrivaient à Saint-Étienne. Harry refusa l'invitation à dîner du comte : il avait besoin, dit-il, d'entendre le rapport que devait lui faire Bernard Lavergne sur ce qui s'était passé à l'usine en son absence. Cet éloignement volontaire de Harry rassura à demi Max Kreizer. Si l'ingénieur refusait, avec une si parfaite désinvolture, de passer la soirée auprès de Mlle de Montreux, c'est qu'il ne l'aimait pas.

Son père put causer quelques minutes avec lui dans l'embrasure d'une fenêtre.

— Tu n'as rien tenté dans toute cette journée ?

— Vous avez vu, vous-même, mon père, que tout tête-à-tête était impossible ?...

— Mais je m'arrangerai pour que vous soyez seuls ce soir. Va de l'avant ! Il faut précipiter les choses : ce Harry finirait par lire dans notre jeu...

Après le dîner, le baron, sous prétexte de causer affaires, demeura longtemps, en effet, dans le cabinet du comte, fumant cigare sur cigare; M. de Montreux, qui se laissait éblouir par la conversation de son hôte, ne se doutant d'ailleurs de rien, ne songeait pas à revenir au salon, où Max, après sa première cigarette, s'était empressé de rejoindre Hélène.

Habituellement, Max demeurait assez longtemps à fumer avec le comte; et Hélène profitait de ce moment de liberté pour écrire à Suzanne, à qui elle donnait régulièrement le journal de sa vie.

— Ne vais-je pas vous déranger ? demanda Max en s'asseyant auprès d'elle.

Elle s'était déjà mise à son petit bureau, dans le coin du salon qui était plus spécialement à elle, avec son piano, une mignonne table à ouvrage, de menus meubles et un délicieux

fouillis de petites choses... Elle se retourna, très aimablement,
pour causer avec Max.

— Je viens vous demander mon pardon, dit-il.

— Votre pardon ? fit Hélène étonnée.

— Oui, c'est moi qui suis cause de ce maudit accident...

— Mais il n'a pas eu de conséquences, et je vous avoue
que je n'y songeais plus.

— Eh bien ! moi, je n'ai pas cessé d'y songer.

Et, s'animant soudain :

— J'ai eu l'air de rire en disant à M. Clifford que j'étais
jaloux de lui; mais ce n'était que trop vrai... J'aurais payé
de mon sang le bonheur qu'il a eu de vous sauver...

— Monsieur ! balbutia Hélène effrayée.

— Ah ! je vous en supplie, mademoiselle, permettez-moi
de parler ! Je sais que vous êtes franche, laissez-moi être
franc... Si je cherchais aujourd'hui à vous entraîner, c'était
pour pouvoir vous parler sans témoins : il me semblait, qu'au
milieu de cette belle nature que vous aimez, vous seriez plus
indulgente pour moi... Mais, nous voici seuls ! Votre père sait
que je suis auprès de vous, et il nous laisse seuls : c'est
que sans doute il a la bonté de ne pas me désapprouver...

Hélène faillit interrompre Max; elle fut retenue par la
pensée que la conduite de son père vis-à-vis des Kreizer
autorisait implicitement une semblable démarche; et Max
put poursuivre :

— Je vous jure, sur mon honneur, mademoiselle, que
j'étais venu à Saint-Étienne sans nourrir aucune pensée
d'avenir; mon père m'envoyait auprès du vôtre pour une
question d'affaires, je m'imaginais que je ne resterais ici
qu'un ou deux jours, j'étais loin de songer que M. de Montreux aurait la bonté de m'ouvrir sa maison avec autant de
bienveillance.

Il appuyait avec une habileté consommée sur la bienveillance du comte envers lui; il savait bien qu'il portait ainsi le
trouble dans l'âme d'Hélène.

— Je vous avoue, qu'à Houlgate, vous ne m'étiez pas
apparue telle que je vous connais maintenant; je vous
croyais hautaine, dédaigneuse... Vous ressembliez si peu
aux jeunes filles qui vous entouraient ! Mais ici, dès le premier jour, j'ai subi votre charme; j'ai compris que vous étiez
l'ange de cette maison, non seulement de cette maison, mais

de la ruche ouvrière qui vit autour de vous... Tenez, un
jour, on est venu vous chercher pour un pauvre diable qui
avait eu le bras pris dans un engrenage : vous ne m'avez pas
vu, parce que vous ne songiez qu'à ce malheureux, mais
j'étais près de vous tandis que vous le pansiez, je vous ai sui-
vie lorsque vous êtes allée annoncer l'accident à sa femme ;
j'ai vu cette femme vous baiser les mains en pleurant... Ah!
mademoiselle, dès ce jour je vous aimais...

Hélène se rejeta un peu en arrière; son visage devint
pourpre, puis très pâle.

— Je vous aimais, mademoiselle, de l'amour le plus doux,
le plus respectueux; je voyais en vous la femme idéale, la
femme de la famille... Et depuis, je tremblais en pensant que
l'arrivée de mon père interromprait mon bonheur, oui mon
bonheur! Car jamais je n'ai été heureux comme pendant les
quelques jours que j'ai passés auprès de vous!

Max avait parlé avec un accent trop sincère pour que
Mlle de Montreux mît en doute ses déclarations, et elles
étaient exprimées dans des termes si dignes qu'elle ne pouvait s'en montrer blessée. Mais elle était cruellement peinée
de cette complication qui surgissait dans sa vie : elle n'en
prévoyait que trop les conséquences. Max, la voyant troublée, crut qu'il pouvait décider de la victoire par un coup
d'audace. Il prit la main d'Hélène et, la serrant dans ses mains
tremblantes :

— Ah! mademoiselle, je ne vous demande rien, qu'un
peu d'indulgence... Ne me repoussez pas... Dites-moi seulement que vous ne me défendez pas d'espérer...

Hélène eut à peine un mouvement de pudeur offensée:
elle retira doucement sa main.

— C'est un malheur que vous m'aimiez, dit-elle avec gravité; car, voulant me consacrer à mon père, j'ai pris la résolution de ne pas me marier...

— Ah! ce que vous dites là, mademoiselle, j'avais deviné
que vous le pensiez; le rôle que vous jouez dans cette maison n'est pas celui d'une jeune fille, c'est celui d'une femme,
et vous croyez que votre devoir vous oblige à ne pas l'abandonner; mais croyez-vous qu'il soit jamais entré dans mes
intentions de vous forcer à quitter votre père?... Cette maison n'est-elle pas assez grande pour contenir un jeune
ménage? Et n'y a-t-il pas de place, dans l'usine, pour un

homme qui veut travailler?... Ah! ne me dites pas de ne pas
espérer... Je saurai attendre, en vous aimant dans l'ombre...

— Non, monsieur, dit Hélène avec autant de fermeté que
de douceur, n'espérez pas : mon cœur ne sera jamais à vous!
Je suis flattée d'être recherchée par un homme tel que vous,
et je vous dois autant de franchise que vous m'en avez montré. Je vous crois certes capable de faire le bonheur d'une
femme... Mais, je vous en conjure, renoncez à moi...

— Ah! ne me demandez pas un tel sacrifice, avant d'avoir
essayé de me faire aimer de vous !

— Il y a une chose que j'ai le droit de vous demander,
monsieur, c'est que cet entretien demeure secret, que vous
ne fassiez aucune tentative auprès de mon père, en un mot
que mon existence ne soit pas troublée...

Max baissa la tête sans répondre.

— Je vais maintenant, reprit Hélène, vous donner la plus
grande marque de confiance que puisse donner une jeune
fille à un étranger : mon cœur ne peut pas être à vous... parce
qu'il appartient déjà à un autre... et à un autre, hélas ! qu'il
m'est interdit d'aimer.

XIII

MARIAGE DE RAISON

— Eh bien! mon père, s'écria joyeusement Max lorsqu'il
se trouva seul avec le baron, je crois que nous touchons à la
victoire !

Et, tandis que son père le dévisageait d'un air à demi
railleur, il lui répéta l'entretien qu'il avait eu avec la jeune
fille. Par moments le baron allait à la fenêtre de sa chambre,
jetait un coup d'œil sur la pelouse, sur les masses sombres
de l'usine; puis il revenait s'asseoir en face de son fils, qui ne
tarissait plus sur la bienveillance avec laquelle Mlle de Montreux l'avait écouté...

— Je vous avoue, mon père, que je m'attendais à un mouvement d'indignation: et cependant je vous affirme que si
l'aveu de mon amour a étonné Mlle de Montreux, il ne l'a
nullement blessée.

— Et elle t'a dit que son cœur appartenait à un autre...
qu'il lui était défendu d'aimer?

— Oui.

— Et elle t'a prié de ne tenter aucune démarche auprès
du comte?

— Oui; mais je ne me suis engagé à rien.

— Et tu crois que nous touchons à la victoire?

Le baron secouait la tête.

— Oui, dit-il, dans ces conditions ordinaires, nous serions
bien près du but; s'il n'y avait qu'à lutter contre le souvenir
d'un absent, qui ne reparaîtra sans doute jamais, Mlle de Montreux serait facilement amenée à consentir à un mariage de
raison... Elle pleurerait bien encore son Pierre Sandrac,
quelques mois — et, soit dit entre parenthèse, voilà un animal
qui nous a causé plus d'ennuis qu'il ne valait!...

— On n'a rien découvert de nouveau à son sujet? interrogea Max avec indifférence.

— Rien. Et je crois qu'il repose tout bonnement au fond
de la Seine : il y a, comme cela, à chaque instant, en France,
des affaires où la police, malgré toute son habileté, ne voit
goutte. Non, le souvenir de ce Sandrac n'est pas à redouter;
ce devait être quelque beau gars sentimental qui menait
adroitement sa barque pour compromettre la fille du patron!
L'histoire est vieille comme le monde. Je me demande comment Mlle de Montreux, si fine, si délicate... Il est vrai que le
cœur des filles est insondable!

Le baron se leva et alla se poster en observation devant la
fenêtre.

— Ce qu'il faut redouter, c'est l'influence énorme de cet
ingénieur américain, qui a surgi dans la vie de Mlle de Montreux, comme un héros de roman. Ah! il ne dort pas au fond
de la Seine, celui-là! Et ses manières ne ressemblent guère à
celles des enfants trouvés. Voilà bien des années que j'habite
la France, j'ai connu bien des jeunes gens des meilleures
familles, ceux qu'on appelle à juste titre les princes de l'élé-
gance; je n'en ai jamais rencontré qui lui fussent supérieurs.
Il a la grâce, le charme, l'esprit, la séduction. Ton vrai rival,
Max, c'est lui!

Max ne put retenir un mouvement d'effroi.

— Mais, dit-il, le souvenir de Pierre Sandrac se dresse
aussi bien entre lui et Mlle de Montreux...

— Non! déclara le baron sans hésiter, non! Laisse donc ce Pierre Sandrac! Quelle jeune fille n'a eu son amourette dans sa vie? Les amourettes ne pèsent pas lourd dans la balance, quand une passion véritable est en jeu. Hélène ne s'est sans doute pas encore avoué à elle-même qu'elle aime Harry Clifford; mais cet amour se lit dans ses yeux avec une telle netteté qu'il faut l'aveuglement d'un père et celui d'un amoureux pour s'y tromper. Ne l'as-tu donc pas compris aujourd'hui, quand vous étiez tous les deux auprès d'elle? Elle ne respirait plus que par ce Harry!... Et lui, grand Dieu! n'as-tu pas vu le coup d'œil de haine qu'il te lançait? Et s'il te faut enfin une nouvelle preuve, tiens, regarde!

En disant ces mots, le baron cédait sa place à son fils, puis il alla éteindre vivement sa lumière :

— Que le gaillard s'imagine que nous dormons!

Harry venait faire sa ronde habituelle. N'apercevant aucune lumière dans les chambres des Kreizer, ne s'imaginant pas, par suite, qu'ils fussent éveillés, il s'avança sans défiance, et bientôt il fut sous la fenêtre du baron. Il demeura là quelques minutes, écoutant, observant; et, ne remarquant rien d'anormal, il continua son chemin jusque sous la fenêtre d'Hélène : il s'y arrêta plus longtemps...

— Comme un vrai troubadour, remarqua le baron Kreizer.

Puis l'ingénieur rentra chez lui.

— Ah! le drôle! le misérable! s'écria Max qui écumait de rage. Mon père, si je le provoquais en duel! Je suis de première force à l'épée... Cela frapperait l'esprit de Mlle de Montreux...

— Oui, répliqua le baron, goguenard, cela la frapperait si bien que les sentiments d'indifférence qu'elle professe à ton égard deviendraient une invincible antipathie... Non! Pas de duel! Pas de ces moyens vieux jeu! Je m'étonne qu'un amoureux aussi fin de siècle que toi y ait songé. Il faut d'autres armes contre un aussi redoutable ennemi...

— Que pensez-vous donc faire?

— Je te le dirai demain, lorsque j'aurai jugé s'il nous est permis d'épargner ce Harry Clifford — car il ne faut jamais commettre un crime inutile — ou s'il est indispensable qu'il disparaisse!

Le lendemain, le comte de Montreux était en train de préparer ses formidables échéances; et Jordanne, qui raisonnait avec l'impitoyable rigueur d'un homme de chiffres, lui disait :

— Cent mille francs, monsieur le comte! c'est gentil, je
ne vous le dis pas; mais, pour faire face à tout jusque dans

Il espérait qu'Hélène le suivrait, tandis qu'Harry resterait un peu en
arrière. (Page 101.)

les premiers mois de l'année prochaine, il me faudrait encore
cinq cent mille francs au bas mot.

— Allons, allons, Jordane, répliquait le comte d'un ton
de bonne humeur, ne récriminez pas. J'ai fait des imprudences,
soit, j'ai été trop vite : d'accord! mais ne suis-je pas sur le
point de tout réparer? Mon nouveau commanditaire — et il
n'est pas gênant celui-là! — a plusieurs millions...

— Qu'il nous en confie un, monsieur le comte, on le lui rendra avant deux ans; et vous ne m'entendrez plus me plaindre.

En ce moment, on vint prévenir le comte que le baron Kreizer l'attendait dans son cabinet. M. de Montreux alla le rejoindre et fut aussitôt frappé de l'air de bonheur répandu sur le visage de son hôte.

— Je ne vous dérange pas? fit celui-ci.

— Pas du tout.

— C'est que je désirerais causer longuement avec vous.

— De choses graves?

— De choses qui sont en même temps graves et riantes. Et vous allez comprendre tout à l'heure pourquoi je suis venu vous trouver ici...

— C'est qu'il s'agit d'affaires?

— Pas tout à fait; mais ici nous n'avons pas à redouter qu'un domestique vienne écouter aux portes... Ah! mon cher comte, du diable si je me serais imaginé une chose pareille! Mais c'est un peu votre faute...

Le baron alla se poster devant la fenêtre. (Page 106.)

— Ma faute?

— Eh! oui. Pourquoi nous avoir si cordialement accueillis? Pourquoi surtout avoir si gentiment reçu mon fils? Ce Max, que je croyais si froid, presque indifférent, s'est laissé prendre aux charmes de la vie de famille; et le voilà amoureux fou de Mlle de Montreux!... Voilà!

— Votre fils!... Max!...

Le comte ne savait pas cacher sa stupéfaction.

— Eh! mon cher, j'ai été tout aussi surpris que vous,

lorsqu'il m'a avoué, cela, hier, en pleurant; car il pleurait comme une petite fille, mon grand garçon de fils...

M. de Montreux balbutia :

— Vous m'étonnez... vous m'étonnez beaucoup.

Il était très embarrassé; il entrevoyait déjà les difficultés inextricables de sa situation : si Hélène repoussait l'amour de Max— et il n'avait guère de doutes à cet égard, — toutes relations se trouvaient forcément rompues entre lui et le baron Kreizer.

— Mais, dit le comte, tremblant un peu, je ne suis pas aussi renseigné sur les affaires de cœur de Mlle de Montreux que vous l'êtes sur celles de votre fils...

— Oh! comte! si une fille aussi aimante, aussi respectueuse que Mlle Hélène avait déjà donné son cœur, vous le sauriez certainement; vous ne savez rien, donc il n'y a rien...

— Je ne crois pas... en effet...

— Hier, tandis que nous étions plongés dans les affaires métallurgiques, mon fils, sans m'avoir consulté — ce dont je l'ai rudement grondé, je vous jure! — déclarait son amour à Mlle de Montreux...

— Et ma fille... lui a répondu?...

— Mlle de Montreux a semblé, paraît-il, surprise, mais nullement blessée. Elle a dit à mon fils qu'elle ne songeait pas à se marier, qu'elle ne voulait pas vous quitter; elle l'a même prié de ne vous parler de rien, et Max était disposé à attendre, à faire sa cour mystérieusement, patiemment, à conquérir par sa douceur et sa soumission le cœur de Mlle de Montreux. J'ai jugé que cette conduite serait fausse : entre gens tels que nous, on doit agir au grand jour...

— Vous avez raison, mon cher baron; je vous remercie de votre franchise... Mais, puisque ma fille a déjà répondu...

— Bah! fit le baron en haussant les épaules, c'est que Mlle de Montreux a été, comme vous, comme moi, surprise par la passion de Max. Je suis sûr qu'elle a déjà réfléchi... Et, quand vous lui aurez parlé... Nous sommes déjà alliés par les intérêts pécuniaires... Ne serait-il pas naturel de nous allier par les liens du cœur?

Le comte ne répondit pas; il était effroyablement embarrassé.

— J'ai passé ma nuit à méditer, continuait Kreizer, j'ai pesé, de votre côté comme du mien, les avantages et les

désavantages, et je suis certain que, lorsque je vous aurai fait
connaître la situation que je suis prêt à créer à mon fils,
vous désirerez, autant que moi, que ce mariage s'accom-
plisse. La première objection que vous allez me faire, c'est
notre nationalité...

— Ce serait, en effet, la première fois qu'une semblable
union aurait lieu dans ma famille.

— Mais cette objection tombe d'elle-même, s'écria
Kreizer avec un air de parfaite bonhomie. Mon fils et moi
sommes de ces Autrichiens qui n'ont pas oublié Sadowa :
nous détestons la Prusse autant que vous pouvez la détester
vous-même. Mon fils ne saurait donc être considéré par
vous comme un ennemi, à peine comme un étranger... et un
étranger, j'ai à peine besoin de vous le dire, dont la seconde
patrie est la France !

Kreizer avait des larmes dans la voix : le comte le crut
sincère ; bien d'autres s'y étaient pris avant lui. Le baron
poursuivait :

— Je crois que c'est la seule objection sérieuse que vous
auriez pu me faire. Celle qu'un père plus intéressé que moi
pourrait vous adresser, à vous, c'est que votre situation de
fortune est... momentanément... Je ne vous blesse pas, mon
cher monsieur de Montreux ?

— Pas du tout. J'aime la franchise.

— Et moi, je l'adore ! Bref, ma fortune est de beaucoup
plus élevée que la vôtre ; et vous traversez, en ce moment, par
suite de complications dont vous n'êtes nullement respon-
sable, une crise fâcheuse. Cela m'importe peu ; je veux,
avant tout, le bonheur de mon fils. Je songeais à le diriger
vers la diplomatie ; mais, s'il était agréé par vous, il se con-
sacrerait à l'industrie. Avec deux hommes tels que M. Harry
Chifford et mon cher Max pour vous seconder, votre usine
serait bientôt la première de la région. Quant à cette crise
d'argent dont vous souffrez, elle cesserait bien vite ; car mon
fils recevra en dot un million qu'il placerait entre vos mains.

Un million ! Le baron n'avait fait tous ses préambules
que pour arriver à cette proposition, à ce marché. — Et
M. de Montreux répétait mentalement ce chiffre : un million ; c'est-à-dire la fin de tous ses ennuis, l'avenir assuré.

— Vous devez supposer, dit-il au bout d'un instant, que
votre demande, dont je suis très honoré d'ailleurs, me prend

au dépourvu; et il m'est impossible de vous donner une réponse immédiate, surtout sans avoir consulté Mlle de Montreux...

— Mais nous saurons attendre, dit fort aimablement le baron. Tout d'abord, il me semble que les convenances nous commandent de quitter votre maison; et, si vous le voulez bien, nous partirons demain. Vous aurez déjà consulté Mlle de Montreux, nous saurons si nous pouvons conserver quelque espoir...

Et, tandis que le baron prononçait ces derniers mots, M. de Montreux entrevoyait les conséquences immédiates d'un refus de sa fille : si Hélène repoussait Max, sa délicatesse, son honneur lui faisaient un devoir impérieux de rembourser au baron les sommes que celui-ci lui avait avancées.

La journée se passa, cependant, sans qu'il eût osé s'entretenir avec sa fille. Plusieurs fois il se trouva seul avec elle; mais il retardait le moment où il lui demanderait de se sacrifier pour lui. Car il ne songeait plus à imposer sa volonté à son enfant : son orgueil avait subi de trop rudes atteintes. Il lui demanderait avec douceur, avec tendresse, de le sauver. Et, comme sa conscience lui disait qu'il n'avait pas le droit d'exiger d'elle un pareil sacrifice, il était horriblement malheureux. Il se décida enfin, au moment où Hélène se retirait dans sa chambre. Il l'y suivit.

— Que désirez-vous, père? demanda-t-elle, tremblant un peu.

Le comte l'embrassa longuement.

— J'ai besoin de m'entretenir avec toi de choses sérieuses.

Elle comprit que Max avait parlé; et son visage, qui souriait, devint sombre. Cependant, elle donnait un fauteuil à son père et s'asseyait près de lui sur une petite chaise. Et elle était toute troublée par la douceur de son père; prévoyant qu'il allait être question de Max, elle était étonnée de ne pas voir le comte orgueilleux, hautain: elle l'eût préféré ainsi, car son cœur prêt pour la lutte était désarmé devant la tendresse.

— Mon enfant, dit le comte en lui prenant la main, tu as reçu hier la déclaration passionnée d'un jeune homme...

— Et je ne vous en ai pas parlé, mon père, interrompit vivement la jeune fille, parce que je l'ai repoussée aussitôt;

j'espérais même qu'il n'en serait plus question, et je m'étonne que M. Max n'ait pas obéi à ma prière.

— Je ne t'adresse aucun reproche, mon enfant, dit le comte très affectueusement; mais tu n'as pas non plus le droit d'en adresser à M. Max. L'indiscrétion dont tu te plains n'a pas été commise par lui, mais par son père. Max s'est montré plus confiant envers le baron que toi envers moi; il est vrai qu'il devait donner à son père des raisons plausibles pour motiver un départ précipité...

— Il part? s'écria Hélène, ne dissimulant pas sa joie.

— Oui. Et il voulait partir en t'obéissant. Son père n'a pas jugé qu'il pût en être ainsi : il m'a expliqué catégoriquement les choses... Et il m'a demandé ta main.

Hélène balbutia d'une voix plaintive :

— Et... vous avez refusé, mon père?

— Non, répondit le comte après un silence; je ne pouvais pas refuser. Écoute-moi bien, mon enfant! Je ne viens pas à *toi* comme un père absolu, autoritaire, qui *impose* sa volonté... Non! je compte seulement sur ton amour, sur ton dévouement. Il faut que tu consentes à ce mariage, parce que ce *mariage* va me sauver. Je n'ai pas besoin d'entrer avec toi dans une discussion d'affaires, je te dirai simplement, ce que tu as d'ailleurs déjà compris, c'est que je traverse une crise au bout de laquelle est la ruine, peut-être le déshonneur, si l'on ne vient à mon aide. Le baron Kreizer donnera à son fils une dot considérable qui sera engagée dans mon usine et qui me sauvera sûrement... Et ce que je te demande, c'est de te marier sagement, raisonnablement, avec un homme qui aime surtout en toi la femme sérieuse, la femme d'intérieur; crois-en mon expérience, les *mariages* ainsi faits sont les plus solides, les plus heureux : ils manquent peut-être de poésie au début, mais donnent plus tard les satisfactions de la famille qui sont les seules vraies.

— En un mot, mon père, prononça amèrement Hélène, ces gens-là sont assez riches pour me payer?... Cependant, si je ne veux pas me marier?

— Songerais-tu donc encore, s'écria le comte avec une colère à peine contenue, à l'amour indigne qui?...

— Permettez-moi de ne pas vous répondre à ce sujet, mon père! Évitons de parler de ce qui ne peut que nous rendre plus malheureux l'un et l'autre... Vous venez me deman-

der un tel sacrifice que je ne saurais l'envisager sans hor-
reur... Je n'aime pas cet homme! Et épouser un homme
qu'on n'aime pas, mais c'est une profanation, mon père!

Le comte avait rapidement dominé sa colère; il comprenait qu'il n'obtiendrait rien de sa fille que par la douceur.

— Hélène, j'aurais facilement pu me remarier...

— Si vous l'aviez fait, j'aurais respectueusement aimé
ma seconde mère.

— Je ne l'ai pas fait, pour me consacrer à toi, je t'ai sacrifié
ma vie...

— Je suis prête à vous sacrifier la mienne; mais, me
donner, moi, c'est donner plus que la vie!... Oh! ces deux
hommes, ce père et ce fils, comme ils ont bien tendu leurs
filets autour de moi!... Mais n'y a-t-il donc qu'eux qui puis-
sent vous sauver?... N'avez-vous pas demandé à Harry?...

— Harry, fit le comte avec un mouvement d'impatience,
est un jeune homme qui a besoin de se créer une situation...
Que veux-tu qu'il puisse faire pour moi?

— A votre place, répliqua tranquillement Hélène, je le
consulterais!

— Ah! laissons ce Harry de côté! Tu finirais par me faire
trouver que mes ingénieurs se donnent tous trop d'importance ici... Je ne puis être sauvé que par ton mariage avec
Max. Tu as cette nuit pour réfléchir; demain je saurai ce que
vaut ton amour pour moi!

XIV

Tandis que le comte se retirait, Max rentrait dans la
chambre du baron et lui disait avec un accent de rage :

— Ah! mon père, vous n'avez que trop bien deviné la
vérité! Il faut que ce Harry disparaisse!

— Fort bien, dit le baron goguenard; tu vois que ton vieux père est encore bon à quelque chose. Tu te refusais à aller écouter aux portes ! Le moyen est vieux jeu, je le reconnais ; mais la nouvelle école n'a inventé rien de mieux.

Une heure environ s'était écoulée depuis que le comte avait laissé sa fille en proie à la plus violente émotion.

— Demain, je saurai ce que vaut ton amour !

Elle répétait sans cesse les derniers mots de son père.

— Mon amour !... Ne puis-je donc lui prouver mon amour qu'en me sacrifiant?... Mais la mort n'est-elle pas cent fois préférable !... Dieu ! Si je pouvais sauver mon père, et puis mourir !....

Elle se jeta à genoux, les mains tendues vers le Christ, puis vers sa mère ; et elle pria ardemment :

— Mon Dieu ! Ma mère ! Conseillez-moi... Je suis bien prête au sacrifice de ma vie... Mais pas cela ! pas cela...

Et, comme si elle avait senti l'étreinte de Max, elle eut un mouvement d'effroi.

— Non ! il n'est pas possible que vous m'ordonniez cela, mon Dieu !... Et cependant, vous me défendez de chercher un refuge dans la mort... Et qui sait? ne retrouverais-je pas dans la mort, celui que j'ai aimé, celui qui a eu mon premier serrement de main, celui dont l'âme ne faisait qu'une avec la mienne?

Elle pleura longuement.

— Ah ! s'il était là, lui ! S'il connaissait mon abominable situation ! Lui, si fort, si courageux... Il trouverait bien un moyen de nous sauver, mon père et moi... Oui, il lutterait !

Puis, après un silence :

— Et pourquoi ne lutterais-je pas, moi ?

Elle se relevait, toute transfigurée ; elle essuyait vivement ses larmes.

— J'étais donc lâche tout à l'heure? Je songeais à mourir ! Se réfugier dans la mort, mais c'est indigne d'une chrétienne ! c'est indigne d'une femme qui a l'honneur de porter mon nom ! Reculer devant la destinée ! Non, non ! Je me révolte ! Je suis d'une race de soldats, je ne succomberai pas avant d'avoir tout tenté pour sauver mon père sans le secours de ces maudits étrangers ! Harry m'y aidera !

Elle alla à sa fenêtre, jeta un coup d'œil vers le pavillon de l'ingénieur, distingua de la lumière.

— Il est encore éveillé; il faut que je le voie avant demain.

Pour éviter de passer devant la chambre de son père, elle descendit par un petit escalier qui aboutissait à son cabinet de toilette; et elle courut au pavillon. Comme elle y arrivait, la lumière qu'elle avait distinguée s'éteignit. Elle hésita un peu ; et, en ce moment, elle entendit un léger bruit de pas...

— Si ce n'était pas Harry?

Elle se cacha derrière un arbre, les yeux ardemment fixés sur la demeure de l'ingénieur. Presque aussitôt, un homme d'épaisse tournure , dont elle ne pouvait voir le visage, sortait du pavillon, en refermait la porte, puis disparaissait dans la nuit... Hélène se sentit toute glacée. Cet homme! que venait-il de faire chez Harry?... Elle ne voyait plus de lumière: Harry n'était donc pas éveillé?

— Quelque trahison, sans doute!

Au bout d'un instant, elle se précipitait vers le pavillon; la porte n'en était que poussée. Elle ouvrit et appela :

— Monsieur Harry!

Elle ne reçut pas de réponse. Frappant contre la porte, elle appela encore. Quelques secondes plus tard, la porte de la chambre de l'ingénieur, situé au premier étage, s'ouvrit; et Harry parut, tout habillé, éclairé par une bougie qu'il venait d'allumer. — Depuis que les Kreizer demeuraient chez M. de Montreux, Harry passait toutes ses nuits ainsi, jeté sur son lit, afin d'être prêt à la première alarme.

— Mademoiselle de Montreux! s'écria-t-il en blêmissant. Vous, ici! Mais que se passe-t-il donc?

Il descendait, faisait passer la jeune fille dans son cabinet.

— En effet, monsieur, dit Hélène, il se passe des choses très graves que je vous expliquerai tout à l'heure, car je viens à vous comme à mon meilleur ami; mais auparavant veuillez me rassurer complètement : vous n'étiez pas endormi, n'est-ce pas?

— Pardon, mademoiselle; il y a environ une demi-heure que je me suis jeté sur mon lit : il m'arrive assez souvent de ne pas me dévêtir, afin d'être plus rapidement debout le lendemain...

— Et vous étiez... en haut?

— Oui, dans ma chambre.

— Sans lumière?

— Sans lumière...

— C'est que... en venant ici, j'ai aperçu au rez-de-chaussée une lumière qui s'est éteinte aussitôt... Puis un homme est sorti de votre pavillon...

— Ah ! les misérables ! s'écria l'ingénieur. Ils seront venus me voler ; mais ils auront perdu leur temps : mes plans secrets sont dans ma chambre, dans un coffre-fort... Cependant, comment ont-ils pu entrer ?... Ma serrure était bien fermée à clef...

Il alla jeter un coup d'œil à la serrure et revint en disant :

— Ils l'ont démontée. Les gueux sont habiles. Mais...

Il tendit l'oreille puis huma l'air. Puis, avec une soudaine angoisse :

— Oh ! les bandits ! s'écria-t-il tout angoissé. Je comprends... Ah ! Fuyez, fuyez, mademoiselle, fuyez, de grâce, s'il en est temps encore !...

Et il se précipitait sur la porte qui faisait communiquer son cabinet avec son laboratoire. La veille, il avait reçu des quantités assez considerables de poudre pour ses expériences, et, voulant les analyser, les avait fait déposer dans ce laboratoire.

Hélène, au lieu de fuir, devinant elle aussi le danger, avait suivi Harry ; et lorsqu'il eut ouvert la porte du laboratoire, elle vit une mèche qui brûlait assez vite et qui, deux ou trois secondes plus tard, allait mettre le feu aux paquets de poudre. Bondissant devant Harry qui tenait encore la poignée de la porte, elle se jeta sur la mèche, la couvrit de son pied et s'écria :

— Grâce au ciel, vous êtes sauvé !

Et, brisée par l'émotion, elle tomba dans ses bras.

— Grâce à vous ! murmura Harry qui serrait follement la jeune fille contre lui.

Et elle s'abandonnait à son étreinte, elle était tout alanguie. Elle ne songeait plus en ce moment qu'à Harry et au grand danger qu'il venait de courir : et cela lui causait la plus délicieuse sensation qu'il eût été sauvé par elle...

— Mais vous auriez pu périr, murmura Harry après un long silence.

— Je serais morte près de vous, répondit-elle simplement.

— Oh ! Hélène !... Chère enfant...

Et il se baissait, déposait lentement un baiser sur son

front. Cette réponse si simple de la jeune fille, n'était-ce pas
l'aveu de son amour? Hélène, d'un mouvement brusque,
s'arracha de ses bras :

— Mon Dieu! qu'ai-je dit?... Je suis folle...

Elle revenait dans le cabinet de Harry d'un pas chancelant
et tomba sur un siège, honteuse d'avoir laissé éclater sa
tendresse, cette *tendresse dont elle voulait douter elle-même*
et qui, cependant, la possédait si bien qu'elle permit à Harry de
prendre sa main et de s'agenouiller devant elle. Il la regarda
longuement; il n'avait pas besoin de parler, ses yeux disaient
son amour. Puis, comme Hélène retirait sa main :

— Pourquoi vous éloignez-vous de moi? Rougissez-vous
maintenant des quelques paroles que vous a arrachées
l'émotion et qui ont été la récompense de ma tendre amitié?...
Je dis amitié, mademoiselle, parce que je crains de vous
blesser en prononçant un mot plus brûlant...

— Hélas! répondit Hélène, en secouant tristement la tête,
c'est à ce mot d'amitié que nous devons nous en tenir,
monsieur. Oui, tout à l'heure, devant ce danger que vous
couriez, je n'ai plus eu la force d'être maîtresse de moi...
Mieux vaut que nous parlions bien franchement, n'est-ce
pas, monsieur Harry? Et puis, il faut que je vous ouvre mon
cœur... Vous m'aimez, je le sais... Je l'ai compris pour la
première fois, à Houlgate, le jour où vous m'avez dit que vous
n'aviez plus votre mère... Et j'ai été coupable de ne pas
vous repousser bien vite... Ces explications que je vous
donne aujourd'hui, j'aurais dû vous les donner alors. Je
n'osai pas... Et puis, c'est si bon de se sentir aimée... Et moi,
je suis si malheureuse !...

— Je le sais, mademoiselle.

— Mais vous ne pouvez pas tout savoir. Il faut que je
vous le dise... Et votre âme est si haute que vous me comprendrez, que vous me plaindrez et que vous ne cesserez pas
de m'aimer, mais plus d'amour, je vous en supplie, j'en serais
trop malheureuse... Que de fois j'ai été tentée, la nuit, lorsque
vous veniez sous ma fenêtre, lorsque je vous savais debout,
veillant pour moi, de vous rejoindre, de vous avouer la
vérité comme je le fais en ce moment...

Et Hélène était toute surprise de voir le visage de Harry
s'éclairer de la plus céleste joie; elle croyait le désespérer et
elle le rendait divinement heureux.

— Il y avait ici un homme, poursuivait-elle, que j'aimais de toute mon âme...

— Pierre Sandrac !

— Quoi ! Vous saviez?... Eh bien, mon père le chassa ; et, depuis, ma vie n'aurait été qu'un supplice si je ne vous avais rencontré. Vous devez savoir aussi qu'on accusa Pierre, mon bien-aimé, d'un crime infâme, qu'on l'arrêta, qu'il s'évada... et que, depuis, on ignore ce qu'il est devenu? .

Harry souriait très finement : oui, il connaissait toutes ces choses.

— Je veux être fidèle à Pierre Sandrac ! déclara Hélène ; il a ma foi, et je mourrais plutôt que de la trahir... Et mon père m'ordonne aujourd'hui de me sacrifier ! Sés intérêts exigent que je me marie et, qu'en me mariant, je lui apporte une grosse fortune...

— Et les Kreizer sont riches ! interrompit Harry avec une hautaine ironie : il y a longtemps que j'ai deviné leur plan. Rassurez-vous, mademoiselle, il ne s'accomplira pas.

Il se relevait, le visage triomphant.

— C'est là que je les attendais. C'est là que je vous attendais aussi, car j'avais deviné qu'avant de consentir à une semblable union, vous viendriez me trouver, me demander de vous sauver !

Hélène, prise d'un tremblement, les yeux à terre, répondit comme honteuse :

— Je suis venue à vous comme je serais venue à Pierre Sandrac; car, dans mon trouble, dans mon chagrin, je vous ai souvent confondus tous les deux... Et il me semblait parfois qu'en vous aimant, je ne cessais pas de l'aimer...

— Hélène !

De nouveau, il l'avait prise dans ses bras, et il allait sans doute se trahir : c'était garder trop longtemps un secret qui les faisait tant souffrir l'un et l'autre! Mais, en ce moment, on frappa à la porte du pavillon, et la voix du comte retentit.

— Ah çà ! Harry, vous ne voulez donc plus dormir ?

— Mon père ! murmura Hélène, je suis perdue !

— Non, dit Harry, la porte vous cachera... Mettez-vous là, et vous fuirez tandis que je conduirai le comte dans mon laboratoire.

Et l'ingénieur alla bravement au-devant de M. de Montreux.

— Monsieur le comte, dit-il, c'est Dieu qui vous amène, car vous allez voir des choses qui vous auraient paru bien invraisemblables, si je vous les avait racontées demain... Mais

La porte n'en était que poussée.
(Page 116.)

vous-même en venant ici, n'avez-vous rien remarqué d'anormal?

— Ce que j'ai remarqué, c'est que la porte de votre pavillon était ouverte, ce qui est une grosse imprudence, dont je vais vous gronder.

— Regardez à vos pieds, monsieur le comte.

M. de Montreux blêmit en voyant la serrure enlevée.

— On est venu vous voler?

— Mieux que cela. Mais répondez-moi : n'avez-vous rien remarqué au dehors?

— Non; seulement, dans ma maison, j'ai cru entendre des bruits de pas... Je dormais à peine, j'ai les plus graves préoccupations en ce moment... Je me suis levé, j'ai vu de la lumière chez vous; et pour me distraire, j'ai songé à venir travailler avec vous...

— Vous dites, monsieur le comte, que vous avez entendu des bruits de pas?... Chez vous?... Fort bien, retenez ce point. Et maintenant suivez-moi.

Il traversa vivement son cabinet et introduisit le comte dans le laboratoire, dont il referma la porte.

Hélène put s'enfuir.

— Voyez, dit tranquillement Harry.

Le comte demeura stupide devant ce bout de mèche. (Page 121.)

Le comte demeura stupide, devant ce bout de mèche qui n'avait plus guère que quelques centimètres.

— Moi aussi, dit Harry, je dormais à peine, je n'étais couché que depuis une demi-heure; et, comme vous, j'ai été réveillé par un bruit de pas. Je me suis levé à la hâte, j'ai trouvé ma serrure arrachée... Et, sentant une odeur de brûlé, j'ai heureusement eu la pensée de venir ici. Deux secondes de retard, et je sautais.

— On voulait vous tuer! balbutia le comte profondément ému.

— Il y a sans doute des gens que je gêne !

— Non ! Vous auriez été victime d'une vengeance dirigée contre moi...

Le comte tendait affectueusement la main à Harry.

— Vous avez failli payer de votre vie l'amitié que vous avez pour moi... Et je crains bien qu'on ne recommence !

— C'est probable, dit Harry d'un ton léger; mais une bonne étoile veille sur moi.

— La bonne étoile ne serait peut-être pas toujours suffisante, mon ami; et, dès demain, je demanderai à la police de me donner quelques agents qui se cacheront ici la nuit...

— Pardon, monsieur de Montreux... Vous vous imaginez que cette tentative d'assassinat était dirigée contre vous?

— Mais évidemment ! On vous tuait, vous, victime inconsciente; et, en même temps, on mettait le feu à mon usine...

— Vous vous trompez, monsieur le comte : ce dernier crime était dirigé contre moi seul; mon pavillon seul aurait sauté, car il est à une assez bonne distance de l'usine. Et demain on aurait dit : « Ce pauvre jeune homme avait le tort de travailler la nuit, il aura pénétré avec une lumière dans son laboratoire... Et il est mort victime de son imprudence. » Voilà tout simplement ce que voulaient mes ennemis qui, j'en jurerais, sont aussi les vôtres, monsieur de Montreux...

— Mes ennemis ! prononça amèrement le comte. Je n'en n'ai qu'un.

— Ce... Sandrac, n'est-ce pas?

— Je l'ai traité durement, dit le comte d'une voix tremblante; et il me poursuit de sa haine, car c'est lui, n'en doutez pas...

— Eh bien ! si, je doute ! répliqua fermement Harry.

Puis, reprenant son allure affectueuse :

— Figurez-vous que je me suis pris de sympathie pour ce Sandrac. J'ai retrouvé son souvenir si vivant parmi tous les hommes que je dirige que je m'imagine le connaître. Et, s'il est tel que je me l'imagine, il n'a jamais commis de méchantes actions. Il était peut-être trop orgueilleux, trop audacieux, mais foncièrement droit et honnête. Ne l'accusez donc pas de tentatives auxquelles il est certainement étranger... en admettant qu'il vive encore. Et regardez plus près de vous, monsieur le comte !

— Plus près de moi? balbutia M. de Montreux.

— N'avez-vous pas été réveillé par un bruit de pas, à l'heure où tout le monde devait dormir dans votre maison?...

— Mais il n'y a chez moi que ma fille et...

— Je ne songe nullement à accuser Mlle de Montreux, dit Harry avec un indéfinissable sourire.

— Elle, mes hôtes et de vieux domestiques dont je répondrais.

— Je n'accuse pas davantage ces domestiques qui m'aiment déjà.

— Et qui donc accuseriez-vous? s'écria le comte en tressaillant.

— Il faut que vous soyez aveugle, monsieur de Montreux, pour n'avoir pas encore compris que vous abritez, sous votre toit, vos plus mortels ennemis !

— Vous déraisonnez, Harry !

— Ah ! ah ! je déraisonne? fit l'ingénieur en ricanant. Rappelez-vous donc, monsieur de Montreux : ce baron Kreizer n'a-t-il pas dîné chez vous, le soir même où l'on devait vous voler à Neuilly?... N'a-t-il pas voyagé en même temps que vous, lorsqu'on vous a dérobé plusieurs centaines de mille francs en chemin de fer?... N'était-il pas à Holgate?... Et n'est-il pas ici, vous trompant, s'insinuant lentement dans votre maison avec son fils, poursuivant sourdement une vengeance, dont les motifs m'échappent mais dont je ne vois que trop le but : votre déshonneur et votre ruine !...

— Pourquoi donc alors auraient-ils cherché à se débarrasser d'abord de vous?

— Parce que je les gène, ces deux bandits! Parce que je suis toujours sur leur chemin ! Parce qu'ils s'imaginent que vous aurez la faiblesse de leur livrer votre adorable fille et qu'ils savent bien que, moi vivant, un tel sacrifice ne s'accomplira pas ! Voilà, monsieur de Montreux, pourquoi ma mort leur est indispensable.

Le comte était anéanti. Et Harry continuait, s'animant de plus en plus :

— Les événements me forcent à vous dévoiler une partie de la vérité, parce que le danger qui vous menace est trop grand ; mais je ne puis encore vous révéler tout ce que j'ai découvert : les preuves que j'ai réunies ne vous sembleraient peut-être pas suffisantes, et je veux que la lumière éclate au grand jour ! — Je veux aussi vous sauver, non seule-

ment des machinations de ces aventuriers, mais des difficultés
au milieu desquelles vous vous débattez et qui vous forçaient
à recourir à eux!... Ce que vous leur demandiez, c'est-à-dire
de l'argent, je suis en mesure de vous l'offrir : vous aurez
demain ce qu'il vous faut pour vous libérer vis-à-vis de ces
misérables; mais, au nom de votre fille, que demain ils ne
souillent plus votre maison!

XV

ARGENT FRANÇAIS

Le baron Kreizer avait passé une très mauvaise nuit.

Au moment où Hélène pénétrait dans le pavillon de
Harry, cet estimable gentilhomme remontait l'escalier de
la villa avec autant de douceur que le lui permettait son
grand corps; il fit malheureusement crier quelques marches,
et ce fut ce bruit qui réveilla le comte de Montreux. Mais,
quand le comte sortit de chez lui, le baron avait déjà regagné
sa chambre, où son fils l'attendait avec une folle impatience.

— Eh bien? demanda Max.

— C'est fait.

— Et... dans combien de temps? interrogea Max avec
angoisse.

— Encore deux minutes environ : la mèche doit brûler
cinq à six minutes....

Les deux minutes s'écoulèrent, puis trois, puis quatre...
Le baron s'impatientait autant que son fils; il dit :

— Ces mèches sont quelquefois capricieuses; mais je suis
sûr du résultat... La chambre de Harry est juste au-dessus
de son laboratoire...

— Entendez-vous, mon père?

— Quoi donc?

— Une porte qui s'ouvre auprès de nous.

Le comte sortait de chez lui. Une sueur glacée germa
sur le front de Kreizer. L'avait-on découvert?... Max claquait
des dents... Les deux misérables étaient tellement saisis qu'ils
demeurèrent plusieurs minutes serrés l'un contre l'autre,
tremblant, respirant à peine. Puis ils entendirent une porte
qu'on refermait : Hélène rentrait chez elle.

— Bah! fit le baron, nous nous alarmons à propos de rien; mais je ne comprends pas que cette mèche...

Ils se rapprochèrent prudemment d'une fenêtre et, collant leurs yeux au ras de l'entablement, regardèrent...

— Malédiction! murmura le baron en serrant les poings.

— Cet homme est donc protégé par le diable! s'écria Max avec un terrible emportement.

— Par Dieu plutôt! fit le baron avec dépit.

Ils avaient pu distinguer deux silhouettes d'homme dans le pavillon de Harry.

— On l'aura prévenu, dit le baron.

— A moins qu'il ne se soit aperçu lui-même de la chose!

— Mais qui peut être avec lui?

— Ce Bernard Lavergne... ou quelque veilleur... Pourtant, j'avais attendu que le veilleur eût fait sa ronde de ces côtés... Patience, nous allons les voir sortir... Justement...

Harry venait sur le devant du pavillon; et là, il donna un coup de sifflet strident. Une minute après, les trois veilleurs chargés de garder l'usine accouraient, ainsi que Bernard Lavergne, qui couchait de l'autre côté des ateliers.

Harry les introduisit dans son pavillon, où ils demeurèrent assez longtemps. Puis, tandis qu'ils se retiraient, l'ingénieur ramena M. de Montreux jusqu'à sa porte.

— Le comte, murmura Max; mais nous sommes perdus, mon père!

— Silence, dit le baron.

Le vieux Kreizer attendit que le comte fût rentré chez lui et que Harry fût revenu dans son pavillon : il dit alors avec beaucoup de calme :

— Perdus? Et pourquoi? Parce qu'un inconnu a voulu se venger de M. de Clifford? Est-ce que cela nous regarde?.. J'ai eu soin de parler de cet ingénieur à M. de Montreux avec les plus grands éloges, et nous avons toujours manifesté pour lui la plus grande sympathie... Et demain, quelle jolie comédie d'amitié nous allons lui jouer, quand on nous apprendra cette infâme tentative!...

Le baron ricanait.

— Perdus? répéta-t-il. Perdus, parce que le nommé Pierre Sandrac, jaloux de voir sa place prise par Harry Clifford, a fait tomber sur lui la colère qu'il nourrissait contre son ancien patron?...

— Pierre Sandrac, mon père ?

— Et oui, n'est-ce pas lui qu'on accusera tout naturellement?... Mais si l'on nous soupçonnait, mon fils, nous serions
déjà arrêtés.

A demi rassuré par son père, Max dormit assez bien :
mais le baron, malgré les belles paroles qu'il avait dites à
son fils et qu'il se répétait à lui-même, n'était pas, au fond,
aussi tranquille qu'il voulait le paraître.

Le lendemain, il se levait avec le jour et, se dissimulant
de son mieux, assistait à l'arrivée des ouvriers.

Harry Clifford était sur la porte de son pavillon et semblait
triomphant. Il fut bientôt rejoint par le comte de Montreux,
qui s'entretint longuement avec lui. Vers neuf heures,
Bernard Lavergne et deux des veilleurs arrivaient à leur
tour près de Harry, le saluaient et se tenaient à l'écart.

— On attend évidemment la police, dit le baron à son fils.
Payons d'audace.

Le père et le fils descendirent et rencontrèrent en effet
le commissaire de police qui arrivait avec le troisième veilleur, qu'on avait chargé d'aller le prévenir. Le comte salua
d'abord le magistrat, puis s'avança, la main tendue vers
Kreizer et son fils. Le baron jeta un coup d'œil joyeux à
Max : on ne les soupçonnait même pas.

— Mais, que se passe-t-il donc? Sommes-nous de trop ?
interrogea Kreizer.

— Pas du tout, mon cher baron, répliqua M. de Montreux avec une parfaite cordialité ; et peut-être même pourrez-
vous nous être utiles, car nous marchons en plein mystère...

Harry semblait tout aussi affable que le comte.

— Ces messieurs, dit-il, auront peut-être entendu quelque
chose cette nuit?

Et l'ingénieur, leur ayant serré la main, fit entrer tout le
monde dans son pavillon. Là, il fit un récit, dont il avait
auparavant préparé tous les termes avec M. de Montreux.

Il était couché, affirma-t-il, depuis une demi-heure environ, lorsqu'un léger bruit l'avait réveillé ; il était descendu,
avait senti une odeur bizarre... Et, pénétrant alors dans son
laboratoire, il avait aperçu une mèche qui brûlait et allait
mettre le feu à des paquets de poudre... Il l'avait éteinte ;
et, en ce moment, le comte avait frappé à sa porte.

— Oui, ajouta le comte, je dormais mal ; je m'étais levé

pour travailler, j'ai vu de la lumière chez M. Clifford, et
l'envie m'a pris de venir causer avec lui... J'ai vu le bout de
mèche qui fumait encore...

Harry ouvrit la porte du laboratoire.

Le commissaire ramassa ce qui restait de la mèche.

— Nous n'avons voulu toucher à rien avant votre arrivée,
dit Harry.

— Vous avez bien fait. — Votre récit ne me donne malheureusement pas de grandes explications... N'avez-vous rien
surpris d'anormal?

— Rien.

— Et vous, monsieur le comte?

— Rien, dit tranquillement M. de Montreux.

— Mais vos veilleurs?

Les veilleurs déclarèrent qu'ils n'avaient rien vu, rien
entendu; ils s'étaient simplement rendus à l'appel de Harry,
avaient vu le bout de mèche à cet endroit et senti l'odeur
de brûlé.

— Et c'est tout? demanda le commissaire.

— C'est tout, répondit Harry.

— Et vous n'avez aucun soupçon?

— Un soupçon bien vague... et qui vraiment repose sur
presque rien. J'ai, paraît-il, pris ici la place d'un certain...
Pierre Sandrac...

Le comte tressaillit et regarda son ingénieur avec stupéfaction. Car ceci n'avait pas été convenu. Harry poursuivait :

— C'est d'ailleurs un soupçon émané de M. de Montreux.

Kreizer échangea un regard de satisfaction avec son fils.

— En résumé, conclut Harry, nous n'avons, monsieur le
commissaire, aucun indice sérieux à vous donner. Et, si
tous ces messieurs n'avaient pas vu, cette nuit, ce bout de
mèche encore fumant, je me demanderais si je n'ai pas été le
jouet de quelque mauvais rêve... Mais vous, monsieur Kreizer,
n'avez-vous rien remarqué, rien entendu?

Avec une assurance qui porta encore le doute dans l'esprit
de M. de Montreux, le baron répondit :

— Mais rien, rien, mon cher monsieur Clifford... Et je suis
tout ému du danger que vous avez couru... Quel bandit que
ce...! Comment l'appelez-vous donc?

— Sandrac, mon père, dit Max, très maître de lui.

— En résumé, dit le commissaire, si nous ne recueillons

pas d'indices plus significatifs, nous ne pouvons guère compter que sur le hasard pour pincer le coupable. Poursuivons toujours notre enquête.

Tandis que le magistrat relevait la disposition des lieux, enregistrait les dépositions et cherchait vainement une trace, une piste si insignifiantes qu'elles fussent, le baron et son fils avaient regagné leur appartement, enchantés de la tournure que prenait l'affaire. De derrière le rideau d'une fenêtre, ils pouvaient suivre les allées et venues et ricanaient de la mine dépitée du commissaire de police et des veilleurs.

Vers onze heures, la descente de police était terminée.

— L'incident est clos, dit le baron. — Il va bien falloir que maintenant M. le comte de Montreux réponde catégoriquement à ma demande. A nous deux, monsieur de Montreux : l'heure est enfin venue de régler nos comptes !

— Mais... s'il allait refuser? prononça Max avec angoisse.

— S'il refusait?... Avant huit jours, il serait perdu, ruiné!... Mais que trame-t-il donc avec Harry? Je ne les avais jamais vus s'entretenir dans une telle intimité!

Le comte traversait la pelouse avec son ingénieur et semblait prodigieusement intéressé par ce que lui disait Harry. Il lui demandait en ce moment :

— Pourquoi, vous qui, cette nuit, défendiez si vivement Pierre Sandrac, l'avez-vous attaqué tout à l'heure?

— Ne fallait-il pas, comme je l'ai déjà fait dans des circonstances tout aussi critiques, endormir les soupçons de ces misérables? Les voilà bien rassurés, ne pressentant même pas que nous connaissons presque la vérité... Mais ne perdons pas de temps à épiloguer : je vous ai fait une promesse, hier ; je n'ai que le temps de la tenir.

Et l'ingénieur le quitta. Le comte, très troublé, très inquiet, se demandant encore jusqu'à quel point il devait ajouter foi à la parole, aux promesses de Harry, revint lentement chez lui. Et, après avoir longtemps hésité, il frappa à la porte de sa fille.

Depuis le matin, Hélène, tout angoissée, assistait, de sa fenêtre, ainsi que les Kreizer, à ce qui se passait dans le pavillon de Harry. Et elle essayait de se rassurer, en lisant ces deux lignes que lui avait portées Bernard Lavergne :

« Ne redoutez plus rien. Ne parlez de rien. Vous êtes sauvée.

« HARRY. »

Lorsque son père entra dans sa chambre, elle était toute tremblante. Le comte, remarquant son émoi, pensa :

— C'est la pensée de ce mariage qui la bouleverse.

Elle s'avançait vers lui, l'embrassait très tendrement.

Il s'assit en disant :

— On a failli nous tuer Harry, cette nuit.

Et il raconta ce qui s'était passé.

— Enfin, conclut-il, avec un mélancolique sourire, une bienheureuse chance l'a arraché à la mort. Dieu veuille qu'il puisse nous sauver à notre tour! Car, j'ai suivi ton conseil, Hélène : avant de donner une réponse définitive au baron, j'ai avoué à Harry la situation abominable au milieu de laquelle je me débats...

— Et il va vous sauver, père? s'écria Hélène, toute transfigurée.

— Je n'ose pas l'espérer!...

— Je l'ose, moi! J'espère...

Et Hélène se jeta à genoux, adressant à Dieu sa plus ardente prière, tandis que le comte demeurait silencieux, les yeux fixés dans le vague, vaincu, humilié...

Quelques instants avant le déjeuner, ils entendirent la voix de Harry :

— Où est M. le comte? Où est M. de Montreux? demandait joyeusement l'ingénieur.

Hélène s'écria :

— Il a réussi, père; je le devine à sa voix!

Le comte rejoignit vivement Harry, l'entraîna dans son cabinet. Harry lui tendit une dépêche :

— Lisez, monsieur le comte.

M. de Montreux, dont les yeux étaient obscurcis par les larmes, distingua d'abord seulement la signature : Jérôme Labadié. Puis il lut :

« Tu peux disposer sommes déposées banque Saint-Étienne. Viens à Paris ensuite. Et, avant huit jours, tu auras tous les capitaux nécessaires.

« JÉROME LABADIÉ. »

— C'est donc votre ami?... balbutia le comte.

— Qui est assez riche, monsieur le comte, pour qu'un homme tel que vous n'ait pas recours à des capitaux... allemands !

— Allemands?... Mais, Harry, M. Kreizer est Autrichien... Je vous jure que, d'un Allemand, je n'aurais rien accepté...

— Autrichien?... Il vous l'a dit?... D'ailleurs, il ne saurait plus être question de lui, puisque voilà de l'argent français, le seul qui doive servir à fabriquer des armes françaises !

— Mais... en échange, qu'exigera votre ami?

— Jérôme? fit Harry avec une imperceptible ironie. Jérôme a l'âme la plus désintéressée que vous puissiez imaginer; mais il est bien capable de vous demander...

Harry s'arrêta.

— Quoi donc? interrogea le comte avec anxiété.

— Oh!... rien, sans doute, répliqua Harry: une idée folle qui me passait par la tête. Voici toujours, en attendant, une somme de deux cent cinquante mille francs, que Jérôme avait, sur ma prière, expédiée depuis 'quelques jours à Saint-Etienne; j'avais déjà percé à jour les machinations de ce Kreizer...

— Mais enfin, Harry, qu'exigera votre ami en payement d'un tel service? Il faut que je sache...

— Jérôme?... C'est un original! Figurez-vous qu'il a une idée fixe, dont il n'a jamais osé vous parler, mais dont il m'entretenait souvent... Ce fameux Pierre Sandrac était son ami! Et vous voyez qu'il fait bon être des amis de M. Labadié. Or, il s'est mis en tête de retrouver Pierre Sandrac, de le faire réhabiliter, et de le faire réhabiliter par vous... Et j'imagine que c'est là le secret de son dévouement pour vous...

Le comte n'eut pas le temps de répondre; on venait annoncer le déjeuner.

Ce déjeuner se passa sans autre incident que l'absence d'Hélène : la jeune fille avait fait dire, au dernier moment, qu'elle se sentait indisposée. Max et le baron firent contre mauvaise fortune bon cœur : cette simple indisposition d'Hélène leur indiquait qu'ils étaient battus. Ils n'en montrèrent pas moins beaucoup de gaieté, burent à la santé de Harry Clifford, évitant l'un et l'autre de prononcer aucune parole qui pût embarrasser M. de Montreux. La bataille aurait lieu tout à l'heure.

Le repas était à peine terminé que le comte disait très aimablement à Harry :

— J'ai à causer quelques minutes avec ces messieurs: j'irai ensuite vous retrouver pour examiner les travaux dont vous me parliez ce matin.

Puis il fit passer le père et le fils dans son cabinet.

— Mais nous n'avons pas besoin de Max, disait le baron d'un ton bonhomme.

— Pardon, répliqua M. de Montreux : je tiens à ce qu'il entende ce que j'ai à vous dire.

Il y eut d'abord quelques minutes d'un silence un peu pénible pour tous les trois; le comte ne savait comment débuter.

— Messieurs, dit-il avec gravité, je dois tout d'abord vous remercier de l'honneur que vous m'avez fait en désirant vous unir à ma famille. J'ai communiqué votre demande à Mlle de Montreux : elle en a été flattée comme moi; mais sa volonté absolue est de ne pas se marier en ce moment... Je crois donc qu'il eût été préférable, comme le pensait M. Max, de laisser aller les choses, de ne rien brusquer, d'attendre, en un mot, sans que je fusse informé d'un amour qui rend malheureusement impossible la continuation de nos relations... Après votre démarche d'hier, mon cher baron, et le refus catégorique que je me vois forcé d'y opposer...

— Vous êtes aussi forcé de rompre entièrement avec nous? fit brusquement le baron qui cachait à peine son dépit. Vous avez raison, mon cher comte. Adieu donc ! Je souhaite que les nouveaux amis auxquels vous ne pouvez manquer de vous adresser vous soient aussi dévoués que mon fils et moi l'eussions été... Adieu! Je chargerai mon avoué de régler avec votre caissier les petites questions d'intérêt qui...

— Pardon! prononça le comte avec hauteur. Ces questions vont être réglées immédiatement.

Le baron fut abasourdi.

— Mais, dit-il, essayant de redevenir aimable, je n'entends nullement vous mettre le couteau sur la gorge, je connais l'embarras de votre situation...

— Si vous vous imaginez que mes affaires soient embarrassées, répliqua le comte, c'est que vous les connaissez bien mal. Je regrette, monsieur, de vous voir tout irrité d'une décision qui n'a rien de blessant pour vous... Vous me feriez presque penser que votre conduite si amicale cachait des intentions tout autres que celles que vous me montriez!

Et le comte jeta un tel regard au baron que celui-ci
recula, entraînant son fils; et ils sortirent sans avoir prononcé une parole. Mais ils étaient à peine remontés dans
leur appartement que Kreizer, en proie à une terrible colère,

Il rencontra en effet le commissaire de police. (Page 126.)

sé jetait sur son fils; et, le secouant de ses grands bras :
— Voilà, mon cher, voilà le résultat de la douceur! Voilà
tes jolies combinaisons modernes, tes machinations qui
devaient si bien nous venger !

Max ne répondit pas; il repoussa brusquement son père,
et, tombant sur un fauteuil, se mit à pleurer, des larmes
de rage, d'impuissance, de jalousie... Les deux misérables
ne reprirent un peu leur sang-froid que lorsque Jordanne,

avec le calme impeccable d'un bon caissier, vint leur remettre
les deux cent mille francs prêtés par le baron, avec les intérêts
exactement comptés à six pour cent.

— Mais enfin, s'écria le baron lorsqu'ils furent de nouveau
seuls, d'où cet homme a-t-il pu tirer cet argent, lui à qui pas

Devant l'étroite fenêtre, il guetta avec impatience. (Page 130.)

un banquier n'avancerait un centime? Qui a pu lui prêter?

— Eh! mon père, Harry, n'en doutez pas! Toujours
Harry, que vous deviez si bien supprimer cette nuit!... Ah!
pourquoi ne m'avez-vous pas laissé le provoquer? Je vous
jure bien que, lorsque je l'aurais tenu au bout de mon
épée, il ne m'eût pas échappé... Il me faut la vie de cet
homme! Et je l'aurai, je vous en réponds!

Ensuite, avec une tristesse lugubre, ils préparèrent leur
départ.

— Où irons-nous? demandait Max.

— À Paris.

— J'aimerais autant rester dans les environs de Saint-Étienne, mon père...

— Pour que la vue de Mlle de Montreux te fasse perdre un peu plus la tête, dit amèrement le baron. J'aurais dû me douter que tu en deviendrais amoureux, et que cela gâterait tout! Rentrons à Paris et bien vite; c'est là seulement que nous verrons clair... Ici, nous nous sommes mis sottement dans la gueule du loup...

Le soir, lorsque le baron et son fils quittèrent Saint-Étienne, le comte de Montreux, avec une parfaite correction, les accompagna jusqu'à la gare. Il ne leur dit pas une parole qui pût les alarmer; il eut même la force de leur souhaiter un heureux voyage avec autant d'amabilité que s'il avait reconduit de vrais amis.

Au moment où le train s'ébranlait, un domestique arriva en courant, apportant une dépêche destinée au baron Kreizer et qui était parvenue à l'usine après son départ. Le baron jeta la dépêche sur la banquette du wagon et demeura, longtemps, les yeux fixés sur Saint-Étienne, sur les innombrables cheminées d'usines au milieu desquelles il distinguait celle du comte de Montreux. Max avait pris la dépêche et la lisait.

— Qu'est-ce? interrogea le baron, lorsqu'un pli de terrain lui cacha la ville.

— Une dépêche insignifiante de la vicomtesse de Granson.

— Tu dis : de la vicomtesse? fit le baron avec un émoi soudain. Elle ne peut rien me télégraphier d'insignifiant.

Et il lut à son tour :

« *Baron Kreizer, chez comte Montreux. — Saint-Étienne.*
« *Présence Paris utile pour négociation.*

« IDA. »

— Vous voyez, mon père, que ce n'est rien d'important... Mais qu'avez-vous donc?...

Le baron blêmissait.

— Crois-tu donc, fit-il avec humeur, que nous confions nos secrets au télégraphe? Cette dépêche, en apparence insignifiante, mais dont les termes ont d'avance été dictés par moi à la vicomtesse, veut dire que ma présence est indis-

pensable à Paris, à cause de graves complications, que je
prévoyais depuis quelque temps et qui viennent évidemment
de surgir... La vicomtesse n'est pas femme à s'alarmer sans
motif; il est donc fort heureux que nous rentrions à Paris...
Quant à vous, monsieur de Montreux... nous nous retrou-
verons!...

XVI

UN MALHEUREUX

— Encore une nuit!

Le malheureux qui venait de prononcer ces mots se tenait
debout, depuis plus de deux heures, sur un escabeau placé
devant l'étroite ouverture qui éclairait sa cellule. De là, il
avait suivi le déclin du jour, les derniers rayons du soleil
éclairant les hauts bâtiments qui se dressaient en face de
lui, puis la ligne de la lumière remontant peu à peu, dis-
paraissant ensuite, pour faire place à une lueur douce, et
maintenant l'ombre descendant promptement, plongeant
toutes les cours dans l'obscurité.

— Encore une nuit! répéta-t-il en sautant de son escabeau. Si j'ai la force de vivre jusqu'à demain, je ne mourrai
donc pas en prison!...

Et il se mit à tourner dans sa cellule, assez semblable à
ces fauves qui, dans l'étroit espace de leur cage, parcourent
les lieues qu'ils feraient, dans le désert ou les jungles, à la
recherche de leur proie.

— Libre! s'écria-t-il en serrant les poings, demain je
serai libre! C'est-à-dire que j'aurai enfin la liberté de me
venger! On me reprendra ensuite, on me tuera ignominieusement... Peu importe! J'aurai fait justice!

Dans un mouvement un peu brusque, comme il passait
près de la porte, il renversa l'écuelle, posée sur une tablette
en face du guichet, et qui contenait son repas. Il sourit
dédaigneusement.

— Repas de misérable, murmura-t-il, je ne te mangerai
plus; car, décidément, après avoir fait justice, je n'attendrai pas que les hommes m'appliquent la leur; je n'attendrai

plus rien que de la justice de Dieu! La mort, suprême bien-
fait, me délivrera de toutes les choses humaines...

Il s'assit sur sa couche et promena longtemps ses regards
sur cette cellule où s'étaient écoulées plusieurs années de
sa vie: ses yeux, faits à l'obscurité, lui permettaient d'en
distinguer les moindres recoins. C'est là qu'il avait si cruellement souffert, que souvent le désespoir l'avait terrassé,
qu'il avait appelé la mort à grands cris, que, bien des fois,
il avait été sur le point de se suicider; mais toujours le désir de
vengeance l'avait retenu au moment décisif. C'est là que,
dans ses heures de révolte contre l'adversité, lui, si doux
autrefois, il avait insulté, frappé ses gardiens. Il avait connu
alors le malheur dans le malheur, la privation de la promenade dans ces étroits préaux qui ressemblent à des fosses. Et
sa peine, qui aurait pu être diminuée d'une ou deux années,
il l'avait accomplie tout entière, comptant rageusement les
mois, puis les semaines, et maintenant les jours...

Les premiers temps de sa réclusion, il avait paru cependant assez calme, ou plutôt abattu par le malheur. Le directeur de la maison centrale de Poissy l'avait classé parmi les
« résignés », parmi ceux dont l'existence n'a été souillée que
par une faute, qui méritent donc un peu plus d'indulgence
et peuvent être ramenés au bien. On l'avait prévenu que, si
sa conduite était exemplaire, on apporterait quelques adou-
cissements à son abominable peine de la réclusion; des
sommes relativement importantes avaient d'ailleurs été
envoyées, par une main inconnue, pour que son ordinaire
fût modifié dans la proportion que permettaient les règlements.

Il parut deviner d'où venait cet argent, et cela lui
apporta une consolation. Pendant quelques mois, il justifia,
par sa conduite raisonnable, la bienveillance que lui accor-
dait le directeur. Au bout d'un an et demi, pour le récompenser, on l'enlevait de sa cellule, on le *mélangeait* aux
autres prisonniers, on l'arrachait à ce terrible isolement qui
est bien le supplice le plus épouvantable que la civilisation
moderne ait inventé. Mais, pour un homme que le vice n'a
pas gangrené, c'est un supplice tout aussi affreux que cette
vie en commun avec des coquins vulgaires. Le nouveau prisonnier crut qu'on l'avait jeté dans un enfer.

Il y passa trois mois et demanda de lui-même à rentrer

dans sa cellule. — Il l'avait quittée, doux, résigné; il y rentrait le cœur altéré de vengeance.

Pendant les trois mois qu'il avait passés au milieu de vrais bandits, il avait dû conter à ses compagnons son histoire, son crime; et, pour la première fois, il avait vu clair au milieu du drame lamentable qui avait brisé sa vie. Jusqu'alors, il s'était cru vraiment criminel, seul criminel. Mais quand il avait fait à ses compagnons de misère le récit de son existence : sa faiblesse devant une femme jeune, jolie et coquette, qui voulait des bijoux, le détournement qu'il avait commis pour lui acheter des diamants, la vérification de sa caisse et de ses livres demandée au même instant par son patron, la decouverte du vol avec abus de confiance... Ah! comme tous ces bandits lui avaient ri au nez, surtout lorsqu'il avait nommé son patron.

— Mais, imbécile, lui avaient-ils dit avec des rires gouailleurs, tu n'as donc pas compris que tout cela, c'était une comédie entre ta femme et ton patron?

— Et pourquoi, grand Dieu?

— Parce que tu les gênais!

— Je les gênais... moi?

— Est-ce qu'un mari n'est pas toujours gênant?

— Un mari!... Vous vous imaginez donc?

— Que ta femme était la maîtresse de M. Herbelin?... Mais il n'y avait évidemment que toi pour ne pas le savoir!

Quelle horrible torture, le jour où ce soupçon entra dans son âme! — Il essaya d'y résister d'abord. Il défendit sa femme, coupable seulement, d'après lui, d'un peu trop de légèreté, de coquetterie. Et ce fut surtout pour échapper aux sarcasmes de ses compagnons qu'il demanda à rentrer dans cette cellule qu'il ne devait plus quitter jusqu'au jour de sa libération. Il y revenait, le poison dans l'âme, voulant douter encore et ne pouvant plus : il avait suffi de quelques mots pour l'éclairer. Il revoyait maintenant sa vie passée sans la moindre illusion; il se rappelait une foule de détails qui ne lui permettaient plus de douter : il avait été berné, trompé; et, pour se débarrasser de lui, on lui avait tendu un abominable piège, on avait fait de lui un criminel!

Si du moins il avait reçu des visites de sa femme, comme on aurait eu l'indulgence de le lui permettre en ce moment! Mais non! Plus rien d'elle! Pas un souvenir! Il lui avait

vainement écrit... Sa première lettre était demeurée sans
réponse; la seconde lui fut retournée avec la mention :
« Partie sans laisser d'adresse », ce qui ne pouvait être qu'un
mensonge. Sa femme l'abandonnait ; elle était donc coupable.
Il fit demander une audience au directeur de la prison, qui le
reçut avec bienveillance.

— Que voulez-vous, mon ami?

— Vous remercier des bontés que vous avez déjà eues
pour moi, et vous poser une simple question : on vous a
envoyé, pour moi, quelques sommes d'argent, vous avez eu
l'indulgence de me les laisser parvenir et cela a souvent
adouci les rigueurs de la peine. Puis-je savoir le nom de la
personne qui vous adresse cet argent?

— Il m'est interdit de vous le faire connaître.

Le prisonnier réfléchit quelques secondes, puis :

— Cet argent vient-il... de ma femme?

— Non, répondit nettement le directeur; mais ne m'en
demandez pas davantage.

— Soit ! Je continuerai donc d'accepter les bienfaits de
cette personne inconnue qui a encore pitié de moi; mais
vous me répondez bien que cet argent ne vient pas de ma femme?

— Non, vous dis-je !

— C'est que j'aurais refusé de l'accepter plus longtemps.

Durant cette entrevue, le directeur essaya de mettre un
peu de baume dans l'âme du prisonnier : qu'il continuât, lui
dit-il, à accepter sa peine avec la même résignation, et, au
bout d'une nouvelle année, sa vie changerait du tout au tout :
on pourrait utiliser ses qualités de comptable, supprimer cette
horrible réclusion, et même réduire la durée de son temps...
Le prisonnier ne l'écoutait pas; il était tout à cette pensée :

— Ma femme m'a abandonné dès le premier jour.

Rentré dans sa cellule, il n'était plus le même homme.
Le soir même, dans un accès de fureur subit, il jetait son
écuelle à la tête de son gardien qui, habitué à le traiter avec
indulgence, pénétrait chaque jour chez lui et, malgré les
règlements, bavardait un peu avec le malheureux. Et depuis,
sa rage était allée grandissant de jour en jour. On dut lui
appliquer des peines disciplinaires; il les supportait en ricanant. Et quand enfin, au bout de quatre ans, il fut prévenu
que sa femme lui intentait une action en divorce, et que le
divorce allait être prononcé contre lui, comme indigne, il

devint presque fou. Ce fut un abominable cauchemar, qui
dura plusieurs mois. Et, à mesure que la procédure avançait,
il se rendait compte que sa femme devait être riche, maintenant, puissante, et qu'elle se débarrassait de lui comme on se
débarrasse d'une bête venimeuse. Plusieurs fois, il songea à
dire ses soupçons, à accuser sa femme de l'avoir poussé au
crime, et à bien mêler son patron à toutes ces infamies ; mais
l'aurait-on écouté ?... Comment aurait-il pu lutter, lui, pauvre
prisonnier sans ressources, contre des gens riches et puis-
sants ? Avec quelle facilité on aurait réfuté toutes ses accu-
sations ! On l'aurait cru réellement fou ; on l'aurait peut-être
enfermé pour jamais...

— Et il faut que je sois libre pour que je puisse me venger !

Il ne dormit pas de toute la nuit, et, quand il sentit que
le jour allait se lever, il replaça son escabeau devant l'étroite
fenêtre et guetta avec une impatience folle les premières
lueurs. Puis il se prépara à partir.

Comme cette dernière matinée lui parut longue !

— Oh ! ce gardien qui ne vient pas me chercher ! Il sait
bien, pourtant, que je dois être libre aujourd'hui !

On vint enfin le chercher. Il quitta sa cellule, touchant à
peine la terre. Et, dans les longs couloirs, dans les diverses
salles où il dut passer pour accomplir les dernières formalités,
il se sentait léger, il volait presque...

Généralement, les prisonniers se trouvent grossis — d'une
mauvaise graisse jaunâtre — à la suite d'une semblable déten-
tion. Mais lui avait tant souffert, avait été si agité par ses
soupçons, par ses accès de rage, qu'il était plutôt maigri ; et,
lorsqu'il ôta ses vêtements de détenu, il remit aisément le
costume qu'il avait au moment de sa condamnation. Rien ne
saurait dépeindre la joie qu'il éprouva de se voir ainsi, débarrassé de la livrée du crime ; il remerciait ses gardiens, il
remerciait les employés de l'économat chargés du service
des vêtements. Puis, on le conduisit chez le directeur.

— Vous voilà donc libre, lui dit celui-ci, et dans des conditions qui vous permettent d'envisager l'avenir sans trop de
craintes. J'ai reçu de votre bienfaitrice un billet de mille
francs qui suffira à vos premiers besoins. Croyez-moi, oubliez
le passé, ne regardez plus que devant vous... Évitez Paris,
où vous ne trouveriez que de cruels souvenirs, cherchez à

gagner votre vie dans quelque ville de province, où vous
serez inconnu...

— Merci, monsieur, répliqua le prisonnier avec un amer
sourire, merci de vos conseils! Une dernière fois, pouvez-
vous me dire le nom de la seule personne à qui je doive de
la reconnaissance?

— Je lui ai demandé la permission de vous révéler la
vérité; elle me l'a encore refusé.

— Encore une fois, ce n'est pas ma femme?

— Celle qui fut votre femme?... Non!

— J'avais besoin de cette assurance avant de prendre cette
dernière aumône; elle me servira à accomplir mes projets.

— Quels projets? interrogea le directeur.

— Des projets, monsieur, que pas un honnête homme ne
saurait désapprouver. Adieu et merci!

Quelques instants après, le malheureux se trouvait au
dehors, devant la lourde porte de la prison. Il n'avait fait que
quelques pas, et la liberté, le grand air, le terrassaient déjà.
Il dut s'appuyer contre le mur de la prison.

Au bout de quelques instants, il se remit de cette première
émotion, et marcha, d'un pas assez ferme, dans la direction
de la Seine. Tous ceux qui ont habité Paris comprendront le
sentiment qu'il éprouva en arrivant sur les bords du fleuve,
de ce fleuve si cher à ceux qui ont travaillé dans l'enceinte
de la grande ville. Ce fleuve, dont les eaux miroitaient sous
un éclatant soleil d'automne, lui rappelait de charmants souvenirs, de longues promenades faites sur les coteaux dont il
baigne les pieds, des parties de canotage, des déjeuners sur
l'herbe. Ce fleuve lui rappelait ses meilleures jouissances
matérielles : il l'aimait tant, jadis, qu'il avait habité tout
auprès et que, chaque dimanche ensoleillé, il le parcourait
dans son canot. C'était un ami qu'il retrouvait. Et cela l'amol-
lissait un peu et le fit même pleurer. Puis il alla sur le pont
qui est en aval de la ville, contempla les coteaux, dont les
arbres étaient encore bien verts, puis les moulins abandonnés
qui bordent la Seine. Que de fois il était venu là dans son canot!

— Allons! s'écria-t-il avec une résolution soudaine, partons! Si je demeurais là plus longtemps, je me laisserais
attendrir; et mon cœur doit être sans pitié désormais!

Cependant, cette émotion, cet attendrissement, dominaient
encore en lui lorsqu'il arriva à Paris.

Dès la gare Saint-Lazare, il regardait les moindres choses avec une naïve admiration : les magasins, les passants, les voitures. Il acheta un bouquet de quelques sous à une marchande des rues, et ce fut une inexprimable jouissance pour lui que de respirer son parfum : pauvres fleurs presque

On vint enfin le chercher. (Page 139.)

séchées, ballottées dans une voiture à bras, à demi couvertes de poussière, il les trouva belles.

— Que c'est bon de sentir des fleurs !

Et les changements qu'il voyait dans la rue Auber, dans la rue Scribe, sur la place de l'Opéra le bouleversaient. L'omnibus de la Bastille passait ; il y monta machinalement, ne sachant plus ce qu'il faisait. Et, sur l'impériale de la lourde voiture, il semblait un fou, se retournant sans cesse, voulant tout voir, poussant des cris d'admiration, demandant des

renseignements à ses voisins, profondément surpris par la
nouvelle physionomie des boulevards.

De la Bastille, il gagna les quais et suivit la Seine. Le
jour commençait de tomber, et le ciel, du côté du Louvre,
de Notre-Dame, s'empourprait des derniers rayons du soleil.
Comme il aimait autrefois ces beaux couchers de soleil! Et
comme il les aimait encore ! Il s'arrêtait à chaque instant,
s'accoudait sur le parapet du quai et contemplait l'horizon,
où s'amoncelaient des nuages semblables à des lueurs d'incendie. Malgré l'énorme chemin qu'il faisait, il n'éprouvait
aucune fatigue: et il était arrivé devant le Louvre, aussi
léger que lorsqu'il avait quitté Poissy... Il traversa la Seine
sur le pont de la Concorde: et, à mesure que le ciel perdait
son éclat, que le crépuscule descendait sur la terre, l'ancien
prisonnier, perdu dans son rêve, s'imaginait qu'il revenait
simplement d'une longue course dans Paris, qu'il allait
passer par son bureau, puis qu'il rentrerait tranquillement
chez lui... Et soudain il se trouva, quai de Grenelle, devant
une longue file de bâtiments.

— L'usine! murmura-t-il.

Il marcha encore une centaine de mètres et arriva devant
une large porte, flanquée de deux réverbères qu'on était
en train d'allumer et dont la lueur éclaira bientôt un car-
touche circulaire, où ce nom était inscrit en lettres d'or :

USINE HERBELIN

Un coupé stationnait devant cette porte. Quelques minutes après, M. Herbelin paraissait, tout rond, tout joyeux, la
cigarette à la bouche, et sautait dans son coupé en ordonnant :

— Au Ranelagh!

L'ancien détenu s'était avancé, la main levée, pris d'une
fureur subite, d'une terrible envie de frapper.

On ne l'avait heureusement pas vu.

— Fou que je suis! murmura-t-il, tandis que le coupé
s'ébranlait. Je n'étais pas armé... Et puis, ce n'est pas de lui
que je dois me venger d'abord, mais d'elle...

En ce moment, une cloche retentit, et un ouvrier, puis
deux, puis dix, puis toute la foule des ouvriers sortirent de
l'usine. Ils passaient auprès de lui, le bousculant un peu. Il
en reconnaissait beaucoup, mais personne ne songeait à le

reconnaître, lui ; on le prenait pour un passant. Quand il vit
diminuer le flot, il dit :

— Partons! Labadié va bientôt s'en aller, lui aussi ; et,
avec son naturel soupçonneux, il serait bien capable de me
reconnaître.

Il traversa de nouveau la Seine, suivant le chemin qu'il
faisait autrefois pour rentrer chez lui. Il gagna le Point-du-
Jour, les fortifications ; il était hors Paris. Là, il ne trouvait
guère de changements : toujours la même campagne, pauvre,
aride, les mêmes guinguettes, ouvertes en ce moment, et
qui allaient se fermer l'hiver. La lune s'était levée et argen-
tait la Seine. Il suivit le petit sentier qui borde l'eau ; il
distinguait de vagues lumières sur les coteaux de Meudon et
de Saint-Cloud.

Quand il aperçut Billancourt, il s'arrêta, brusquement.

— C'est là que j'ai été heureux... C'est là que je vivrais
encore, heureux, honoré, sans l'infamie de cette femme!...
Qui sait si ma maison est habitée?...

Il reprit son chemin, plus lentement, se disant :

— Si ma maison est habitée, je le saurai bien, dès ce soir ;
je coucherai dans le pays, et demain je viendrai la visiter...
Je retrouverai peut-être cette enveloppe contenant les dernières volontés de ma sœur, cette enveloppe que je devais
remettre à mon neveu à sa majorité... Mon neveu ! Le fils de
ma pauvre chère sœur!

Le malheureux se frappa la poitrine.

— Que peut-il être devenu, grand Dieu?... Le retrouve-
rai-je jamais?... Lui que j'avais juré d'aimer comme un fils!
Et, si j'avais ce suprême bonheur de le retrouver, consenti-
rait-il à m'aimer? Aurait-il pitié de moi? .. Je veux espérer,
mon Dieu! qu'il est devenu un honnête homme ; et, si cela
est, ne vaut-il pas mieux que nous ne nous revoyions jamais?...
Ah, voici!

Il était arrivé devant un jardin, ou plutôt devant un bos-
quet, masquant presque complètement une maisonnette, qui
se dressait à une trentaine de mètres du chemin de halage.

— C'est ici!

L'épisode suivant a pour titre :

L'EFFONDREMENT

TABLE DES MATIÈRES

SCEAUX. — IMPRIMERIE E. CHARAIRE.

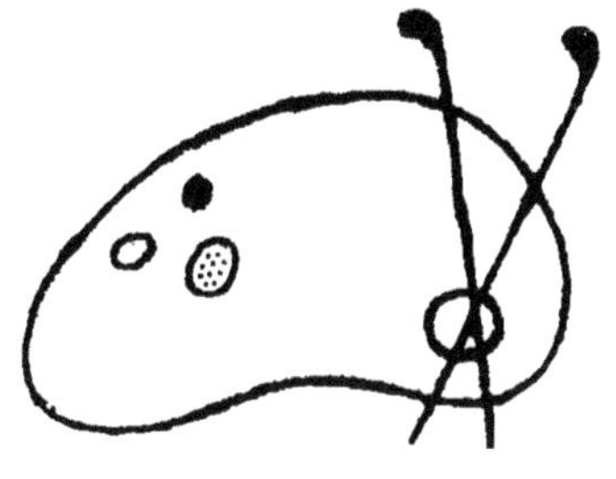

Début d'une série de documents en couleur

PIERRE SANDRAC
PAR
PIERRE SALES
...ARD FRÈRES EDITEURS-PARIS
10 centimes le fascicule illustré.
ŒUVRES DE PIERRE SALES. N° 110.
PIERRE SANDRAC. N° 2.

PIERRE SANDRAC

PAR PIERRE SALES

Fayard Frères Éditeurs – Paris

10 centimes le fascicule illustré.

Œuvres de Pierre Sales. N° 111.　　　PIERRE SANDRAC. N° 3.

PIERRE SANDRAC

PAR
PIERRE SALES

FAYARD FRÈRES ÉDITEURS - PARIS

10 centimes le fascicule illustré.

ŒUVRES DE PIERRE SALES. N° 112.   PIERRE SANDRAC. N° 4.

PIERRE SANDRAC

FAYARD FRÈRES ÉDITEURS-PARIS

10 centimes le fascicule illustré.

ŒUVRES DE PIERRE SALÈS. N° **113**.   PIERRE SANDRAC. N° 5.

ŒUVRES DE PIERRE SALÈS. N° 114.   PIERRE SANDRAC. N° 6.

ŒUVRES
DE
PIERRE SALES

La révolution commencée en librairie par la maison Fayard frères, avec la publication des œuvres d'ALPHONSE DAUDET, JULES CLARETIE, HECTOR MALOT, vient encore de faire un pas en avant, avec la publication des œuvres du célèbre romancier qui occupe aujourd'hui, sans conteste, la première place parmi les grands conteurs français : PIERRE SALES.

Pour **60 centimes**, on aura ce **SERGENT RENAUD** par lequel débute la publication et qui est certainement l'œuvre la plus poignante et la plus touchante du grand romancier. Puis viendront : La Jeune France; A l'Américaine! Bas les masques! Chaine dorée; Olympe Salverti; Viviane; Marquis de Trevenec; Le Puits mitoyen; Femme et Maîtresse; Marthe et Marie; Incendiaire! La Mèche d'or; Sacrifiée; Pierre Sandrac; Un Drame financier; La Femme endormie; Le Diamant noir; Le Corso rouge; L'Ecuyère; Beau Page; Louise Mornans; Jeanne de Mercœur; Vipère! Orphelines! etc., etc.

Mais, pour être complet en un volume, chacun de ces récits n'en forme pas moins un épisode, une partie d'un tout considérable qui est l'histoire de la *Société parisienne* en ces dernières années. — cette histoire qui, de récents événements l'ont surabondamment démontré, n'est qu'un vaste roman d'aventures. Et, sous cette forme, si passionnante, si entraînante du roman, PIERRE SALES fait revivre la ville gigantesque dans tous ses milieux, depuis la mansarde de l'ouvrier, le cabinet du penseur, l'atelier de l'artiste, jusqu'aux boudoirs des aventurières, aux palais des financiers et des grands seigneurs, aux aristocratiques demeures des femmes du monde, aux salons les plus fermés du faubourg Saint-Germain.

EN VENTE :

LE SERGENT RENAUD	LA BARONNE DE CANDIA
LA JEUNE FRANCE	OLYMPE SALVERTI
A L'AMÉRICAINE	LA REVANCHE DE L'AMOUR
BAS LES MASQUES	VIVIANE
LE CORSO ROUGE	L'HÉRITIER DU CRIME
JUSTICE HUMAINE	MARQUIS DE TREVENEC
L'ÉCUYÈRE	LE REMORDS DU JUGE
L'EXPIATION	SACRIFIÉE!
CHAINE DORÉE	LES SANS-PITIÉ

Prix de chaque volume illustré : 60 centimes.

10 cent. le Fascicule renfermant 24 pages illustrées sous couverture en couleurs. Deux Fascicules par semaine.

PIERRE SANDRAC
FORMERA 6 FASCICULES

60 centimes
LE
VOLUME COMPLET
Illustré.

Chacun des ouvrages suivants formera également 6 fascicules.

FAYARD Frères, Éditeurs, 78, boulevard Saint-Michel, PARIS

Sceaux. — Imp. E. Charaire.